回首向来萧瑟处

古诗词中的旷达之味

夏若颜——著

中国华侨出版社

前言

　　旷达、豪放是属于境界高尚的诗风，无论其偏向于豪——雄伟、宏博、壮阔、劲健，还是偏向于放——洒脱、纵恣、激越、慷慨，自古以来都为人们所褒扬，所激赏。

　　这类诗大多是砥砺气节、伸张正义、蔑视权贵、忧国忧民之作，气度超拔，不受羁束，如曹操《观沧海》中的"日月之行，若出其中。星汉灿烂，若出其里"，杨炯《出塞》中的"但使龙城飞将在，不教胡马度阴山"。时而向往"大风起兮云飞扬"；时而高歌"对酒当歌，人生几何？"时而挥洒"相逢意气为君饮，系马高楼垂柳边"；时而豪言"会当凌绝顶，一览众山小"！

　　北宋词大多豪放豁达，主要体现为封建体制下受压抑个体的心灵解放，而南宋的豪放词则词人个体的命运与国家民族的命运紧密结合。词人纷纷引出悲壮之音，唱出慷慨之声，岳飞、张孝祥等人写出壮怀激烈的词作。而南宋词人的典范，非辛弃疾莫属。一句"舞榭歌台，风流总被雨打风吹去"，表达了对遗迹沦落的感慨与悲愤。

辛弃疾、陆游、张孝祥的词风慷慨悲凉，相激相慰，以爱国收复的壮词宏声组成雄阔的阵容。由于南宋国事衰微，收复无望，风雅词盛，如刘克庄的词雄豪，或粗犷，或典雅，渗透着悲灰之气。这个诗词派别虽以豪放为主体风格，却也不乏清秀婉约之作。

谈笑洗尽古今愁。真正使诗词歌赋千古流传不衰的，是它们蕴涵的那种文化力量，读诗词，更是品人生。本书以情牵线，以意写生，把上启两汉、魏晋，下至清末、民国的豪放派诗词一一整理出来，并辅以优美灵动的赏析文字，将古人的浩瀚风姿融入笔端，苏轼、辛弃疾、岳飞……一个个灿若星辰的名字，一篇篇热血写就的词章，无不让我们为之撼动。

千年后的我们，独坐尘嚣，透过这些千古流传的诗词，遥想当年的那些风云际会，胸中自有磅礴之气，让我们一同品味豪放诗词的"大江东去"，让心灵变得更加豁达，更加优雅，更加有力量。

目录
CONTENTS

第一辑
猛士恪守四方，视死如归

第二辑
春风得意万里行，侠骨正香

第三辑
千古风流人物，铁马冰河

第四辑
留清白在人间，愁苦难消

第一辑
Chapter · 01

猛士恪守四方，视死如归

大风起，云飞扬

大风起兮云飞扬，

威加海内兮归故乡，

安得猛士兮守四方！

《大风歌》刘邦

司马迁在评价刘邦时说道："匹夫崛起而有天下者，自高祖始。"

刘邦是中国历史上第一个以平民身份登上皇帝宝座的人，其中因缘，刘邦在自我总结时说道："夫运筹帷幄之中，决胜千里之外，吾不如子房；镇国家，抚百姓，给馈饷，不绝粮道，吾不如萧何；连百万之军，战必胜，攻必取，吾不如韩信。此三人，皆人杰也，吾能用之，此吾所以取天下也。"班固在总结刘邦的成功原因时也说得比较精辟："初，高祖不修文学，而性明达，好谋，能听，自监门戍卒，见之如旧。初顺民心作三章之约……""知人善用"、"好谋"、"能听"、"顺民心"是刘邦夺取天下的最重要条件。然而，班固同时也提到："高祖不修文学。"

的确，这首诗如果仅仅从字面了解，没有太大的艺术价值。作者无非看着天气，赶着路程，稍稍发了下感慨而已。但是，如果把这首诗和其创作背景联系起来，立刻就上升了一个高度。

公元前202年，刘邦在山东定陶举行登基大典，建立汉朝。在即位初期，刘邦出于巩固政权等目的不得不分封很多异姓诸侯王，淮南王英布正是这些异姓诸侯王之一。刘邦坐稳江山后，开始着手铲除这些异姓王。淮南王英布眼见韩信、彭越等一个个异姓王被刘邦一一诛杀，心中非常不安，终于于公元前196年起兵造反。刘邦闻讯，亲自带兵平叛，并很快击败英布平定了这场叛乱。公元前195年，做了七年皇帝的刘邦已经是61岁高龄，也是这年他在平定了英布的叛乱，途经家乡时，邀请家乡父老饮酒。在席间，刘邦击筑高歌，做了这首《大风歌》。

"大风起兮云飞扬"。唐代学者李善在解释这句诗时说："风起云飞，以喻群雄竞逐，而天下乱也。"有一定的道理。不同的是，相对于那些秦末群雄的逐鹿，此时，再大的风也不足以卷走汉王朝的锦绣江山。当初在酒肆拖欠酒钱的小混混刘季也已经威加海内，无限尊贵。带着这份荣耀，也带着刚刚凯旋的愉悦，击筑而舞，这是多么豪迈的一种情怀？

"威加海内兮归故乡"。然而，有谁知道，在这"威加海内"的尊贵之中有着怎样的艰涩与复杂？想当年，斩白蛇而起沛县的无奈、加入怀王阵营时的卑微、初进咸阳时的喜悦、鸿门宴上的恐惧、垓下争生死中的决绝，这都是常人难以理解的。经过重重磨难，这个起于阡陌的"匹夫"，用七年时间完成从平民到皇帝的角色转换，不仅如此，没人能冒犯乃至触碰他的尊贵，哪怕是他自己分封的诸侯！现在他带着这份不可冒犯和着大风回到了家乡，"匹夫还乡已为贵胄"，此时，英布的反叛已经成为一个注脚而已。在这个时候，刘邦应该高兴才对，可是，他在这首歌中，唱罢故乡的荣耀后，突然话锋一转，发出一句疑问："哪儿去找勇士帮我守卫这无尽的边疆？"

"安得猛士兮守四方"。此时，我们才真正理解这位看似豪迈，处事随意"骂詈诸侯群臣如骂奴耳，非有上下礼节"的"流氓皇帝"的真正内心。这位"性格粗糙"的皇帝在兴奋、踌躇满志的外表下，隐藏着深刻的恐惧和悲哀。想当年，有"战必胜，攻必取"的韩信、英布等人为他出生入死，夺取江山，可如今正是他自己亲手一个个地将这些开国重臣一一剪灭。人都说，"守业更比创业难"，创业时期有这么多的将军，守业时的人才从何而来？想到这儿，这个六十多岁的老人不禁"慷慨伤怀，泣数行下"。

因此，说《大风歌》生动地展现了刘邦矛盾的心情，是恰当的。但更准确地说，这首《大风歌》是对"狡兔死，走狗烹"历史定律的无奈。对开国重臣"用之有疑，杀之可悲"，刘邦没走出这条死胡同，后之来者，也没有"有感于斯文"，走出一条可行的出路，这才是这首诗的真正悲哀之处。尽管如此，不得不说，在中国古代所有的开国之君中，刘邦的这首《大风歌》的恢宏气势是独一无二的。

自信与自悲同在

力拔山兮气盖世。

时不利兮骓不逝。

骓不逝兮可奈何！

虞兮虞兮奈若何！

《垓下歌》项羽

　　英雄的人物往往需要伟大的对手来陪衬，项羽就是刘邦最伟大的对手。项羽不仅仅是千百年来中国人根深蒂固"成王败寇"观念的颠覆者，使得"霸王"一词有了专属，更是无数文学作品津津乐道的对象。但无论如何伟大的演绎，还是遮盖不了他失败的悲惨命运。

　　"楚虽三户，亡秦必楚"，本着长久以来的家族使命，年轻的项羽不好读书，不修剑术而潜心于"万人敌"的兵法，见秦王而指其曰："彼可取而代也。"那个时候，项羽已经显示出作为一个英雄的非凡胆量与思想。他正是凭借非凡的胆识与武艺，在三川郡激战中，以一人之力于万军之中斩杀守将李由，名震三军；他也是凭借着同样的胆识与威猛，在巨鹿破釜沉舟，使得"百二秦关终属楚"；也是他的胆识与自信，让他在鸿门宴上放走已为鱼肉的沛公刘邦；还是同样的自信，使得他在垓下四面的楚歌声中一败涂地，自刎乌江。

这首《垓下歌》正是楚霸王带着他最后的自信而作的绝命诗。

在垓下，面对不利的局势，项王不是像其他人那样方寸大乱，看到大势已去，他一反常态地先回顾自己的辉煌。和出生于市井的刘邦不同，出生于贵族之家的项羽自幼气度不凡，加上"万人敌"的兵法，使得"拔山"、"盖世"用在他身上一点儿都不过分。在我们看来，这句"力拔山兮气盖世"是对他的最好描述。甚至，翻开项羽的履历，我们可以看到，"起兵至今八岁矣，身七十馀战，所当者破，所击者服，未尝败北，遂霸有天下"的壮举。败局已定，还能有这样的豪迈来回顾自己的事业，这本身就是一种超强的自信。

然而正是这种自信，也间接葬送了原本属于项王的大好山河。纵观项王的性格，大胆、直率、热情、自信、精力旺盛、易冲动、有柔情，也易妒忌，不善用人，属于典型的"性情中人"。这种性格在反秦初期起到了决胜的作用。但是"及羽背关怀楚，放逐义帝而自立，怨王侯叛己，难矣。自矜功伐，奋其私智而不师古，谓霸王之业，欲以力征经营天下"，这种性格渐渐让他难以一统天下。项王在垓下说："时不利兮骓不逝。"殊不知，正是他自己从鸿门宴上放走刘邦开始将自己一步步引到这"时不利"的今天。"时不利"，就连平时仰仗的"踢云乌骓"也好像没有了往日的矫健。

项王问"骓不逝兮可奈何"，更像是对自己的拷问。然而，当被汉军追至乌江边，众人劝他回江东卷土重来时，项羽断然拒绝说道："天之亡我，我何渡为？"无数的后人给项羽总结教训，司马迁也说："自矜功伐……五年卒亡其国，身死东城，尚不觉寤而不自责，过矣。乃引'天亡我，非用兵之罪也'，岂不谬哉！"孟子说："人必自悔然后人悔之，家必自毁然后人毁之，国必自伐然后人伐之。"项羽的一切都是自己，归于天，这何止是荒谬，更是对自己失利的逃避！

说服不了自己，项王又把问题抛向虞姬。相传，在项王作词问"虞兮虞兮奈若何"后，随侍在侧的虞姬拔剑起舞，对答项王一首《和垓下歌》："汉兵已略地，四方楚歌声；大王意气尽，贱妾何聊生。"唱完，虞姬挥剑自刎，以断项羽的后顾之虑。这才有项羽带着800骑兵连夜突围而出的后事。

宋代大儒朱熹评价项羽的《垓下歌》时说道："慷慨激烈，有千载不平之余愤。"还有人说，《大风歌》和《垓下歌》都是豪迈的作品，但都显示出了作者的悲哀。不同的是《大风歌》显示了胜利者的悲哀，而《垓下歌》表现的是失败者的悲哀。作为这两种悲哀的纽带，是作者对于人类的渺小的感伤。这种观点有些道理，但也不尽然。刘邦的《大风歌》虽然悲凉，但归根到底是胜利者衣锦还乡的愉悦，在第一句就定下了基调。而《垓下歌》同是第一句，却没有丝毫悲怆，流露出的是无尽的自信，是对自己青春年少事业的向往。假如时光倒流，项王多想停留在24岁起兵时候的满腔热血，或者回到25岁时破釜沉舟灭秦复楚时的美好岁月。

传说舜是重瞳子，而项羽亦重瞳子，人们都说重瞳子是吉利富贵的象征，舜成为圣贤明君，项羽自刎乌江，这难道仅仅是命运吗？项羽已经替我们回答了这个问题。尽管他有这样或者那样的缺陷，或者被冠以"失败者"的名号，但这丝毫不影响人们对他的追思。"每个人心中都有一个项羽"，项羽的一生好比我们的青春，我们意气飞扬，满腔热血，甚至闯下大祸。但我们经历青春，却收获良多，在以后的日子逐渐成熟。而项王呢？他只能随着滚滚逝去的江水，说一句："青春无悔！"

我自傲然天地间

岩岩钟山首，赫赫炎天路。

高明曜云门，远景灼寒素。

昂昂累世士，结根在所固。

吕望老匹夫，苟为因世故。

管仲小囚臣，独能建功祚。

人生有何常，但患年岁暮。

幸托不肖躯，且当猛虎步。

安能苦一身，与世同举厝。

由不慎小节，庸夫笑我度。

吕望尚不希，夷齐何足慕。

《杂诗》孔融

徐悲鸿曾说过："人不可有傲气，但不可无傲骨。"孔融却是既有"傲气"又有傲骨的人。他是"建安七子"中年龄最大的一个，也是"七子"中最自负（傲气）的一个，其自负，从这首《杂诗·岩岩钟山首》中就可见一斑。

这首诗的前四句中，"岩岩"、"赫赫"都是形容词，"岩岩"形容钟山的高峻；"赫赫"形容南方的炎热。钟山，相传是极寒冷的地方，而炎天，指的是南方。这两句把极其寒冷的钟山和炎热的南方对比，描绘出一幅强烈对比的画面。"高明"两句，"云门"和"寒素"分别形容高贵门第和寒门之人。作者指出，有权有势的贵族，他们的势力可以延伸到云汉；而他们的余光便可将寒门之人熏灼。

紧接着，孔融说道，那些超凡卓越的贤才是好几代人培育累积的结果，没有牢固的根基是不可能出现的。看来，只有像山川那样根基牢固之人才最有资格昂首于天地之间。

哪些人是这样的大丈夫呢？古往今来的那些仁人志士算不算呢？

让我们看看吧，姜尚只是凡间一介贱民，凭借机遇而辅佐文王有所作为；至于管仲，原本是阶下囚，也能成为齐桓公的重臣名垂青史。

这样说来，人生并没有什么特别的地方，只是"我"已经老了。不过还好，我的身躯还能像猛虎一样驰骋，所以不能困苦终生，不能和世俗的那些人举止一样，落入俗套。

我这样不拘小节，庸俗的凡人才会讥笑我的胸襟。姜太公我都不羡慕，何况是为了商朝饿死在首阳山的伯夷与叔齐？

从这首诗的内容来看，心气颇高的孔融对人们历来称赞的圣贤很不以为然。他轻描淡写地点评了人们心目中标杆式的人物，意在指出自己一定能做出更大的成就。看那"昂昂累世士，结根在所固"，不知孔融是否在以自己孔子二十世孙的身份来激励自己，做出超越前辈的伟业。而对于旁人的嘲笑，他直斥他们为"庸夫"，体现自己不为外界所扰的坚决。

孔融为什么有这样的自负（傲气）？

不仅仅因为他是孔子的二十世孙。在四岁的时候，他以这个年龄孩子少有的成熟和礼节获得"能让梨"的美誉。十岁，随父亲到洛阳，对名士李膺说出"想君小时，必当了了"的话，语惊四座。使得李膺不得不感慨道："高明必为伟器！"

天资聪颖，加上勤奋好学，使得孔融很早就和平原陶丘洪、陈留边让一起被人们称为"俊秀"。在政治上，他在北海为官六年，平定贼寇、扶持学校、改善民生，举荐人才，深得地方百姓的拥戴，被人称为"孔北海"。文学上，他的文章虽然以议论为主，但"文句整饬，辞采典雅富赡"，常常用精妙的比喻阐述道理，气势充沛，颇露锋芒，极具个性，被列为"建安七子"之一。据说，魏文帝曹丕非常欣赏孔融的文章，不仅搜集他的文章，还感叹说："（孔融为）扬（雄）、班（固）俦也。"苏轼更是称赞孔融："文举以英伟冠世之资，师表海内，意所予夺，天下从之，此人中龙也。"

有这样的成绩，难怪孔融会"笑傲"古来的圣贤了。可是，这些成绩也并非使得孔融的人生道路一帆风顺。有傲气，是他的资本，也是他的致命伤。文学上的才气，为人上的不拘小节，甚至执拗（也就是"傲骨"），为他带来了不少麻烦。早在董卓专权时期，他直言不讳，"会董卓废立，融每因对答，辄有匡正之言。以忤卓旨，转为议郎"，被"下放"到北海。等到曹操"挟天子以令诸侯"后，孔融也不肯低头，他讽刺曹丕纳袁熙的妻子为妾："武王伐纣，以妲己赐周公"；他反对曹操征乌桓："肃慎氏不贡矢，丁零盗苏武牛羊"；他反对曹操的禁酒令说："尧非千钟，无以建太平；孔非百觚，无以堪上圣"……

终于，建安十三年（208年），曹操忍无可忍，授意部下告发孔融"欲规不轨"，加上祢衡的错误，把孔融杀害弃市。一代名士孔北海就这样死于非命！

以文观人，这首诗一定程度上是孔融自己命运的写照。这首《杂诗》通篇磅礴气势正是孔融一生光辉的写照，人如其文，用如此豪迈的词句来不加修饰地形容自己的伟大志向，是少有的。但也是这样的狂和看不上世间俗人的举止，使得他在精神世界陷入孤独，常常被"庸夫"所笑。孔融是圣人，他的耿直、忠心、清高在同时代无人可比，孔融也是"可笑"的人，没有"审时度势"，不"同流合污"、"识时务"，也注定他的不幸命运。这样矛盾的人，岂止孔融一个？

日在云间，志在胸

东临碣石，以观沧海。

水何澹澹，山岛竦峙。

树木丛生，百草丰茂。

秋风萧瑟，洪波涌起。

日月之行，若出其中。

星汉灿烂，若出其里。

幸甚至哉，歌以咏志。

《观沧海》曹操

1954 年夏，毛泽东在北戴河避暑时，下起大雨，他触景生情，作《浪淘沙·北戴河》。其中一句写道："往事越千年，魏武挥鞭，东临碣石有遗篇。"这其中的"东临碣石有遗篇"便指的是魏武帝曹操的这首《观沧海》。

公元 207 年（建安十二年），曹操为了彻底消灭袁氏的残余势力，同时也为了彻底解决三郡乌桓对边境的反复侵扰问题，决定远征乌桓。这年，曹操亲自率领大军北上，5 月誓师，7 月出卢龙寨，获得大胜。在回师途中经过碣石山，于是登山观海，触景生情，作这首《观沧海》。

沧海之广，非凡人能道。站在这碣石山上，从诗人的笔触中我们可以看到澹澹的水波、挺立的山岛、丛林里的各色植被。悠悠的秋风吹动着这些景物，树木萧瑟，而海水则涨起波浪。大海的广袤，就连升起的日月都像来自这波涛，银河中璀璨的群星，也像这大海中的点点浪花。面对这样的美景，不仅仅是诗人，任何一个路人都足以庆幸，不同的是，诗人借用这景色来抒发了胸中的情怀。

从诗的描写内容看，这首诗属于写景诗。作者被这壮观的海上风光所吸引，一草一木一浪花都那么动人，进而展开了丰富奇特的想象，把日月和银河都嵌入这无边的沧海，给人们描绘出一幅吞吐日月、含孕群星的气象，这种豪迈的书写和大胆的想象在同时代，甚至在我国文学史上也属凤毛麟角，开创先河，让人为之绝倒。这样单纯写自然景物的诗篇，且内容别具一格，也算得上中国山水诗开宗立派的代表作，因此，受到后世文学史家的普遍钟爱。

从诗的抒发内容看，这首诗属于借景抒情。作者在全篇并没有直接写出自己的远大志向，而是通过对眼前沧海的动情描绘，在字里行间流露出一种远大的气魄。南宋学者、诗论家敖陶孙称曹操的诗为"如幽燕老将，气韵沉雄"。诗人将全篇写景，直到最后才道出"咏志"之句，让人知道这眼前的海上景色原来都写的是自己的雄心壮志，亦情亦景，情景交融，给读者"气韵沉雄"的感觉，使人读其诗如一个伫立高山的"幽燕老将"。

从诗的情感看，这首诗属于欢快的，而不是以往人们体会的"苍凉慷慨"。此诗精确而又生动地给读者临摹出一幅沧海荡漾图，澹澹的水波、挺立的山岛、丛林里的植被都被赋予了鲜明的色彩，好似一幅泼墨山水画。诗中有画，画中有情，这清晰而个性的景色正是此时得胜而归的诗人心情的写照，既欢快，又豪迈，称得上是"建安风骨"的扛鼎之作。

有人总结，曹操带兵征战过程中"登高必赋，及造新诗，被之管弦，皆成乐章"，虽有夸张却也贴切。"登高必赋"体现他是个有才气的人。从这首诗，不仅可以看出曹操的文学修养之高，更可以看出他对自然、对生活的爱好和对建功立业的渴望。而曹操"及造新诗，被之管弦，皆成乐章"，体现出曹诗的韵律之美和意境之高。

从另一角度看，这首诗对眼前大好河山的描绘，又散发出一种对美好江山赞美之外，将天下河山收入囊中的壮志。正如毛泽东诗中所说"魏武挥鞭"，是一种逐鹿天下的表态：在碣石山上，策马扬鞭，指点江山，激扬文字。如果没有宏伟的政治抱负和建万世功业的雄心壮志，没有对未来充满乐观心态，无论如何，也写不出这样豪迈的诗篇。

东临碣石，挥鞭逐鹿，是一种升华，久经战端的人才能理解，无经历的人只能看见单调的景色；东临碣石，挥鞭逐鹿，也是一种豪情，有实力的人才有资格说话，庸者不配享有这大好河山；东临碣石，挥鞭逐鹿，更是一种梦想，激励一代魏武大帝；东临碣石，挥鞭逐鹿，还是一种创举，让无数后人一遍遍瞻仰英雄风度。"幽燕老将"东临碣石，挥鞭逐鹿，是否让今天站在钢筋水泥的高楼中俯视街上密密麻麻的行人、在呼来唤去的生涯里计算着梦想和现实之间的差距的都市人们，有所启发，自问梦想与抱负？

烈士壮心

神龟虽寿，犹有竟时。

螣蛇乘雾，终为土灰。

老骥伏枥，志在千里。

烈士暮年，壮心不已。

盈缩之期，不但在天；

养怡之福，可得永年。

幸甚至哉，歌以咏志。

《龟虽寿》曹操

曹操传世的诗篇都是乐府诗。所谓乐府诗，是指由两汉朝廷的乐府或类似的音乐管理机关搜集、保存而流传下来的诗歌。用乐府旧题写时事，乃曹操首创。清代学者沈德潜指出："借古乐府写时事，始于曹公。"而这一创新成了我国文学史上一个最大胆的突破。他不但向汉乐府民歌学习，突破其音律的限制，将四言、五言的诗都用非常质朴的语言进行演绎，还常常运用传统的比兴手法，用比喻来描写事物、表达情感。这种风格的作品大大推进了现实主义文学的发展，曹操为此功不可没。《龟虽寿》和《观沧海》一样，不仅创作于相同的时间，亦都出自乐府旧题中的《步出夏门行》。

虽然《龟虽寿》与《观沧海》在思想上和艺术上都达到了一个高度，但两首诗的写法却不相同。《观沧海》主要写景，以"景"取胜，借景抒情，在景色中包含着诗人的辽阔胸怀。而《龟虽寿》则是讲"理"的佳作，作者就像一位聪明的哲人，运用非常生动的比喻给读者述讲哲理，引起读者的无尽思索和思想共鸣。

诗的开篇就用否定的态度说明世上没有亘古不变的东西。比如《庄子·秋水篇》中有"吾闻楚有神龟，死已三千岁矣"的记载；《韩非子·难势篇》也有"飞龙乘云，腾蛇游雾，云罢雾霁，而龙蛇与蚯蚓同矣"的说辞。诗人拿出这两种动物为例子，跟人们说，活3000年能如何，终不免一死；腾云驾雾又能怎样，始终要成为世间的尘土。

但作者并不是否定长寿的意义，他也知道"一死生为虚诞，齐彭殇为妄作",对生命的生长消逝客观规律有着非常清醒的认识。他只是用这样"欲扬先抑"的形式告诉人们,我们不能决定生命的长度,却能决定它的宽度。我们可以像老马一样,年龄虽然大,却同样拥有远大的志向。

此时的曹操已经 54 岁,在古人的寿命来看,已然进入迟暮之年。但作者并不因为处在"暮年",就丧失"壮心"。基本平定北方,统一全国的大业还未完成,怎么能就此收起壮志雄心呢?看前两句,大多数人认为这首诗是消极的,但三句、四句一出来,全诗的主题瞬间为之扭转,迸发出慷慨昂扬之音。

在发出了豪言壮语后,作者又提出了一套"养生"的方法。自己生命的长度并没有完全掌握在老天的手中,我们可以通过适当的调养来延年益寿。

与《观沧海》一样,本诗最后的"幸甚至哉,歌以咏志"两句本来是配乐时用的套语,一般与诗歌正文没关系。

清代著名文学家刘熙载在《艺概·诗概》中说:"曹公(曹操)诗气雄力坚,足以笼罩一切,建安诸子,未有其匹也。"这首《龟虽寿》确实也印证了曹操的"诗气雄力坚"。《世说新语》记载:东晋时,大将军王敦,每酒后就要吟唱曹操的"老骥伏枥,志在千里。烈士暮年,壮心不已"这几句诗,并用如意击打唾壶来伴奏,最后唾壶的壶口都被他击碎了。

值得一提的是，秦实行高压文化，打击了文艺创作，在秦亡后迅速出现了刘邦《大风歌》和项羽《垓下歌》这样豪迈的经典诗篇。在汉武帝实行"罢黜百家，独尊儒术"后，汉代的思想和文化也得到一定程度的抑制，除了乐府诗，其他的诗歌写作基本是歌颂帝王伟大功业的奉承文章或者儒家经书长篇累牍的注释。而在东汉末期天下割据后，又出现了一次文学创作的高峰。这次高峰的代表人物正是曹操，他的诗歌极富有创新精神，比如《龟虽寿》中的"老骥伏枥，志在千里。烈士暮年，壮心不已"句，是运用比兴手法非常成功的例子。他用原来诗歌创作的旧形式，却写出了新内容，给汉末的文坛带来了自由、活跃的氛围。在曹操的同时代，文坛汇聚了"三曹七子"，他们久经战乱，对社会动荡有着深刻的体会，作品中融入强烈的现实主义写作方法，而风格也大多慷慨激昂，被人们称为"建安风骨"。

　　"三曹七子"，特别是曹操对建安文学有开创之功，被鲁迅先生称为"改革文章的祖师爷"，他对文学的爱好和提倡，直接推动了建安文学的蓬勃发展。

　　站在文学地位之外来看这首《龟虽寿》，其中包含的"烈士壮心"、"老当益壮，宁移白首之心；穷且益坚，不坠青云之志"满满的都是"正能量"，无疑对今天的我们仍有激励作用。

你如果到来

对酒当歌，人生几何？

譬如朝露，去日苦多。

慨当以慷，忧思难忘。

何以解忧？唯有杜康。

青青子衿，悠悠我心。

但为君故，沉吟至今。

呦呦鹿鸣，食野之苹。

我有嘉宾，鼓瑟吹笙。

明明如月，何时可掇？

忧从中来，不可断绝。

越陌度阡，枉用相存。

契阔谈䜩，心念旧恩。

月明星稀，乌鹊南飞。

绕树三匝，何枝可依？

山不厌高，海不厌深。

周公吐哺，天下归心。

《短歌行》曹操

　　曹操这首《短歌行》的创作时间，在史书中并没有明确的记载。只是《三国演义》将这首诗的创作时间放在赤壁之战前的"横槊赋诗"时。但《三国演义》毕竟是小说，不可全信。有学者对这种情景表示怀疑，赤壁之战前，曹操没有这样的闲情逸致去作诗。故现在有人提出，这首诗应当作于曹操平定乌桓后不久，表现出曹操求贤若渴，以及建功万世立业的雄心壮志，这与诗中内容也是呼应的。我个人也比较赞同这种观点。

　　正如曹操在《龟虽寿》中写的那样："老骥伏枥"。诗歌创作时的曹操，早已年过半百。孔子说："五十而知天命，六十花甲。"所以，过了五十，就开始进入花甲之年，曹操知道，自己的生命已经开始倒计时。正因为如此，他建功立业的渴望比以往任何时候都强烈。

　　所以，在诗篇的开始，作者就说"对酒当歌，人生几何？譬如朝露，去日苦多。慨当以慷，忧思难忘。何以解忧，唯有杜康"，散发出一股浓浓的忧愁。眼看日子一天天逝去，而自己只能用杜康来解忧，这是为何？

在回答这一问题时，作者又卖了一个关子。"青青子衿，悠悠我心。但为君故，沉吟至今。呦呦鹿鸣，食野之苹。我有嘉宾，鼓瑟吹笙。""子衿"是古人的衣领，作者期盼着那个有青色衣领的人，所以一直"沉吟"。《诗经·鹿鸣》：

"呦呦鹿鸣，食野之苹。我有嘉宾，鼓瑟吹笙。吹笙鼓簧，承筐是将。人之好我，示我周行。

呦呦鹿鸣，食野之蒿。我有嘉宾，德音孔昭。视民不恌，君子是则是效。我有旨酒，嘉宾式燕以敖。

呦呦鹿鸣，食野之芩。我有嘉宾，鼓瑟鼓琴。鼓瑟鼓琴，和乐且湛。我有旨酒，以燕乐嘉宾之心。"

作者引用其前两句："呦呦鹿鸣，食野之苹。我有嘉宾，鼓瑟吹笙。"指出，如果这个人来了，我将用最高规格的礼节接待他。这是什么样的人？让一代雄主有这种渴求？

"明明如月，何时可掇？忧从中来，不可断绝。越陌度阡，枉用相存。契阔谈䜩，心念旧恩。"作者还是未能揭示答案，而是又散发出同样的忧愁。他说道，我的忧愁就像天上的月亮，好像没有停止的时刻。如果这个人从远方来了，来屈驾看我。那我们就要饮着杜康美酒，吃着丰盛的菜肴，来诉说情谊。

直至最后，我们才看到所谓的这个人，并不是一个人。而是一类人：贤才。"月明星稀，乌鹊南飞。绕树三匝，何枝可依？"《左传》曰："鸟则择木，木岂能择鸟？"人们也说："良禽择木而栖，贤臣择主而事。"所以，禽鸟在选择栖息的树木时，一定是要非常慎重。而作者自己怎样对待人才呢？自己的求贤之心就像那高山不弃土石矮小，大海不辞涓流细微一样的永无止境。你如果到来，我就会像周公那样，"一沐三捉发，一饭三吐哺，起以待士"。目的只有一个，让天下归于一，不再有割据和战端。

《短歌行》是一章唯美的《求贤令》，体现了他对人才的极度渴求和建功立业的紧迫。显而易见，全文的中心在后四句。前面的忧愁、渴求都为铺垫，直至最后点出自己对人才的渴求和态度以及集众思而成大业的理想，人们才恍然大悟。虽然《短歌行》不排除为曹操所实行的政治路线服务的目的，但他运用比兴手法，巧妙地把政治话语融入颇有高度的抒情意境中，寓理于情，让人读来拍案叫绝。

明朝大学者王夫之在评价曹操的《短歌行》时说道："此篇人人吟得，人人埋没。皆缘摘句索影，谱入孟德心迹；一合全首读之，何尝如此"是对这首诗最贴切的评价。

值得一提的是，作者在"周公吐哺，天下归心"两句诗中，以周公自比，把自己比作一个臣子，显然有功成后退隐留的美名、不会废除汉帝自立的意思。据《三国志·武帝纪》（裴松之注引《魏略》）和《魏氏春秋》中记载，建安二十四年（219年），以曹操旧部为代表的群臣上书，请求曹操称帝。群臣认为，汉朝早已名存实亡，曹操就是众望所归之人，应该尽快"应天顺民"，登基称帝。而曹操的回答是："若天命在吾，吾为周文王矣。"（如果老天确实眷顾我，我就做周文王好了。）坚持不称帝。不管周公还是文王，都未称帝，而对曹操来说，最大的荣誉不是称帝，而是"天下归心"，这种气度，是后代创业者中很少有人能比及的。

若天命在吾

丧乱悠悠过纪。

白骨纵横万里。

哀哀下民靡恃。

吾将以时整理。

复子明辟致仕。

《令诗》曹丕

曹操死后，那句"若天命在吾，吾为周文王矣"（意思让自己的儿子做周武王，开辟新朝代）果真应验，扮演了周武王角色的正是他的儿子曹丕。

曹丕是曹操与卞氏所生长子，少有逸才，八岁能文，又善武艺，所以深得曹操赏识。曹丕对魏晋文学的主要贡献在文学影响、文学创作和文艺评论三个方面。

如果说曹操"外定武功，内兴文学"，是建安文学的开创者，那么曹丕所在的"邺下文人集团"，对建安文学的形成，注入了一股强心剂。曹丕流传至今的诗歌大概有40首，主要是写生活的诗词，有的书写自己，有的描写征夫思妇，以笔触细腻著称。不仅如此，曹丕在还是魏太子的时候所撰写的《典论》，是一部包含政治、社会、道德和文化的相关论集，也是中国文学批评史上第一篇专著，开了综合地评论作家作品的风气，对后世产生了深远的影响。

《三国志》记载，公元220年，一代枭雄曹操逝世，曹丕即位为丞相、魏王，改建安二十五年为延康元年。这年，汉献帝以"众望在魏"为由，召集群臣，准备把帝位禅让给曹丕。而这之前很多人用"谶语"、"河图"等形式说明汉献帝禅位必不可免，为曹丕的登基做舆论准备。面对汉献帝的禅让，曹丕一再谦让。

延康元年（220年）十一月辛亥，面对群臣让他取汉帝而自立的请求，曹丕写下《辞许芝等条上谶纬令》。在《辞许芝等条上谶纬令》中提到："昔周文三分天下有其二……吾虽德不及二圣，敢忘高山景行之义哉？……吾闲作诗曰：'丧乱悠悠过纪，白骨纵横万里，哀哀下民靡恃，吾将佐时整理，复子明辟致仕。'庶欲守此辞以自终，卒不虚言也。宜宣示远近，使昭赤心。"表示他愿意"复子明辟"而不愿代汉的意愿。

显然，这封诏书是政权更迭中惯用的伎俩：没过多久，曹丕就登基称帝建立魏国，改延康为黄初，将中国历史带入三国时期。曹丕在《令》这首诗中却非常直白地反映出人民的苦难，并表示了深深的同情，可看出他具备了一个即将即位的帝王所必须具备的品质。

所谓《令诗》就是《令》中之诗，即《辞许芝等条上谶纬令》中的诗。

"丧乱悠悠过纪"。"丧乱"指的是祸乱。古时，以一"纪"为12年，"过纪"指时间已经过去很久了。这句诗的意思不言自明，从汉末到三国鼎立，连绵数十年的战端给老百姓造成了巨大的灾难。

"白骨纵横万里"。战争最直接的表现就是累累白骨，纵横竟有万里。唐代诗人陈陶在《陇西行》中写道："可怜无定河边骨，犹是春闺梦里人。"不管何种名义，战争是残酷的。发动战争的人以各种正义的名义为自己辩解，他们可曾想过那无定河边将士的累累白骨，还有他们远在家乡的妻小家眷？

"哀哀下民靡恃"。屈原说："长太息以掩涕兮，哀民生之多艰。"而曹丕看见的是没有依靠的黎民百姓，受着各种严酷的折磨。面对这些，怎么能不落泪？

"吾将以时整理"。仅仅落泪是不够的。作为魏王的曹丕，也深深地了解这一点。所以，他下定决心，大力整理被战争摧毁的生产、生活及社会秩序。

"复子明辟致仕"。《尚书·咸有一德》："伊尹既复政厥辟。"在这里，曹丕还在强调自己将还政于汉，不过这几乎没有什么可信度，只不过是政客的一个表态而已。

纵观此诗，尽管有着较强的政治表态性质，但作为一个即将登上帝位的人来说，这样俯身体察民情，以如此细致的描述和豪迈的表态，来阐述作为一个国君应该有的使命，是值得称道的。

从后来曹丕的表现我们也可以看出，他不仅仅是表态而已，而是努力践行着这"国君使命"。

尽管曹丕在位只有短短的七年，但他从政治上，巩固中央集权，强化中书省，开九品中正制度，并发展校事官制度；在经济上，他大力恢复生产，发展屯田制，施行谷帛易市，减轻关税，与民休养，使北方出现难得的安定局面；在文化上，他重视文教、恢复太学，修复洛阳，努力推广儒学文化，使封建正统文化开始复兴。这些措施，为魏国统一奠定了坚实的基础，他无愧于一代开国之君。由此我们再来看看这首《令诗》，才能体会出诗人、政治家曹丕的伟大。

志在边野，视死如归

白马饰金羁，连翩西北驰。借问谁家子，幽并游侠儿。

少小去乡邑，扬声沙漠垂。宿昔秉良弓，楛矢何参差。

控弦破左的，右发摧月支。仰手接飞猱，俯身散马蹄。

狡捷过猴猿，勇剽若豹螭。边城多警急，虏骑数迁移。

羽檄从北来，厉马登高堤。长驱蹈匈奴，左顾陵鲜卑。

弃身锋刃端，性命安可怀？父母且不顾，何言子与妻！

名编壮士籍，不得中顾私。捐躯赴国难，视死忽如归！

《白马篇》曹植

曹植和他的父亲曹操、哥哥曹丕，被后人称为"三曹"，来纪念他们对中国文学的卓越贡献。曹操是建安文学的开创者，曹丕接过父亲的大旗，用七言诗文和文艺评论，将建安文学发展到一个新高度，而曹植则把五言诗带到一个高峰，极大地提高了诗歌的艺术性。

南朝文艺评论家钟嵘在其名著《诗品》中如是评价曹植："其源出于国风。骨气奇高，词彩华茂。情兼雅怨，体被文质，粲溢今古，卓尔不群。嗟乎！陈思之于文章也，譬人伦之有周孔，鳞羽之有龙凤，音乐之有琴笙，女工之有黼黻。俾尔怀铅吮墨者，抱篇章而景慕，映余晖以自烛。故孔氏之门如用诗，则公干升堂，思王入室，景阳潘陆，自可坐于廊庑之间矣。"

东晋诗人谢灵运则评价更高："天下才共一石，曹子建独得八斗，我得一斗，自古及今共用一斗。"足见后世对曹植文学成就的评价之高。这首《白马篇》是曹植早期代表作品之一。属乐府《杂曲歌·齐瑟行》，又名《游侠篇》。我国著名乐府典籍《歌录》记载："《名都》《美女》《白马》，并《齐瑟行》也。曹植《名都篇》曰：'名都多妖女。'《美女篇》曰：'美女妖且闲。'《白马篇》曰：'白马饰金羁。'皆以首句名篇。"所以，《白马篇》的名字是取句首的字，并无其他意思。

"白马饰金羁，连翩西北驰。借问谁家子，幽并游侠儿。"诗人在开篇就给我们描绘出一幅雪白骏马奔驰在西北战场上的巨幅画。而这白马的主人是何人？哦，他是幽州和并州一带的游侠。

"少小去乡邑，扬声沙漠垂。宿昔秉良弓，楛矢何参差！"这位游侠，自小就离开家乡奔赴祖国边疆，在那里他以自己的楛木箭、强弓和一身武艺，声震边陲。

"控弦破左的，右发摧月支。仰手接飞猱，俯身散马蹄。狡捷过猴猿，勇剽若豹螭。"他的箭术有多高超？左右开弓，箭箭中靶心不差毫厘。他有多勇武？灵巧赛过行动轻捷的猿猴，勇猛就像传说中的猛兽豹螭一样。

"边城多警急，胡虏数迁移。羽檄从北来，厉马登高堤。长驱蹈匈奴，左顾陵鲜卑。"在北方边关，匈奴、鲜卑人不断入侵，看到告急的文书，这位英雄便骑上战马，随着大军抵御强敌，先是扫荡匈奴，后是驱逐鲜卑，不停地奔波在战场上。

"弃身锋刃端，性命安可怀？父母且不顾，何言子与妻！"在战场上面对无数的刀剑，怎么还能在乎自己的性命？选择从军，就不能给父母尽孝了，哪还能顾得上妻小？

"名编壮士籍，不得中顾私。捐躯赴国难，视死忽如归！"已经将自己的名字编入兵士的名册，心里就不会去想个人的事情了。我舍弃生命而奔赴国难，就把死亡当作回家吧！

我们可以看到，作者通过慷慨的气势和绝妙语言给我们塑造出一个武艺高强的爱国游侠形象。全诗充满豪迈乐观的精神，是历来被称颂的名篇，特别是"捐躯赴国难，视死忽如归"已成为千古名句。

　　每个人都有报国安邦的志向，而曹植的《白马篇》用精彩绝伦的形式把好男儿的志向都描绘了出来，对后世产生了巨大影响。"诗仙"李白也曾写过一首《白马篇》，同样塑造的是一个武艺高强、报国杀敌的游侠形象，很显然是受曹植的影响。而清朝文学家王士禛曾说，中国两千多年的文学史中，堪称"仙才"者，也只有曹植、李白、苏轼三人而已。

　　青春激荡，热血捐躯，正是自古以来好男儿的追求。东汉伏波将军马援更是说得好："男儿当死于边野，以马革裹尸还葬耳，何能卧床上在儿女手中邪!"很难说，诗中"幽并游侠儿"的形象，没有诗人自己的影子。千百年来，或许很少人知道在文坛上留下掠影的迁客骚人，但百姓不会忘记抵御外辱的英雄。直至今日，我们时不时还自问：霍去病何在? 岳武穆何在?

穷途之哭

壮士何慷慨，志欲威八荒。

驱车远行役，受命念自忘。

良弓挟乌号，明甲有精光。

临难不顾生，身死魂飞扬。

岂为全躯士？效命争战场。

忠为百世荣，义使令名彰。

垂声谢后世，气节故有常。

《咏怀》阮籍

王勃一句"阮籍猖狂，岂效穷途之哭"，点出了阮籍所处的时代特征。阮籍是"建安七子"之一阮瑀的儿子，和嵇康、山涛、向秀、刘伶、王戎、阮咸六人被后人称为"竹林七贤"。

《晋书·阮籍传》记载："（阮籍）时率意独驾，不由径路，车迹所穷，辄恸哭而反。"阮籍有次独自驾车外出游玩，走着走着发现无路可走，只好哭着返回。阮籍在哭什么？他哭的是自己的无奈和这个时代。

曹魏后期，司马懿父子逐渐掌握了朝政大权，开始大肆打击异己分子，拒绝与其合作的名士大都遭到迫害。此时文人的命运与建安时代大不相同，他们普遍有了危机感，诗歌的创作也由铿锵有力的"建安风骨"逐渐变为寓意曲折、隐晦象征的"正始之音"。阮籍正是"正始之音"的代表。

有人据"阮籍穷途之哭"和"正始之音"说阮籍是消极处世的态度。殊不知，在《晋书·阮籍传》也记载着他的豪情壮志："（籍）尝登广武，观楚、汉战处，叹曰：'时无英雄，使竖子成名！'"而能代表阮籍豪情的作品就是《咏怀·壮士何慷慨》。

《晋书·阮籍传》曰："籍能属文，初不留思。作《咏怀诗》八十余篇，为世所重。"阮籍的《咏怀》诗共82首，都是五言诗，主要写的是他一生不同时期的内心情感。但由于政治原因，作者怕因这些诗句招来迫害，所以，没有直接表明心迹，而是大量运用比兴等手法，比较曲折地表明感情。但只有这第39首《咏怀·壮士何慷慨》，剑走偏锋，直抒胸臆颇有建安雄风。

"壮士何慷慨，志欲威八荒"两句，说的是壮士"威八荒"

之豪情壮志。"驱车远行役，受命念自忘"两句颇似曹植"名编壮士籍，不得中顾私"之句，写道为了国家，愿意舍弃自己的私利。"良弓挟乌号，明甲有精光。临难不顾生，身死魂飞扬"四句，写壮士为国赴难的动人场景，让读者不禁有崇敬之感。

"岂为全躯士？效命争战场。忠为百世荣，义使令名彰"四句，写为了国家，即使为国捐躯也是值得的，岂能苟全性命。如果战死沙场，你的忠心会百世流传，而你的大义则让你的美名流传四海。最后的"垂声谢后世，气节故有常"两句更是强调了这点，留名给后世，你那崇高的气节一定会名垂青史。

读罢这首《咏怀》，使人不得不想起曹植的《白马篇》。《咏怀》中的豪情竟和"弃身锋刃端，性命安可怀？父母且不顾，何言子与妻！名编壮士籍，不得中顾私。捐躯赴国难，视死忽如归！"如出一辙。所以，难怪"仪卫先生"方东树说："可合子建《白马篇》同诵。"

阮籍《咏怀诗》将《诗经》以来的比兴等象征手法运用得非常到位，并加以玄学改造（钟嵘在《诗品》指其："言在耳目之内，情寄八荒之表。"），开创了五言古咏怀组诗的先河，对后世创作产生了重大影响。陶渊明的《饮酒》、陈子昂的《感遇》、李白的《古风》等咏怀组诗，都不同程度受到阮籍《咏怀诗》的影响。

人尝言，阮籍少年时喜读书，好学击剑，渴望建立战功。然而，残酷的政治争斗使得阮籍报国安邦的理想不得不破灭。"穷途之哭"正是他的内心矛盾重重、极其痛苦的真实写照。如若我们把阮籍放在建安时期，那么这首诗则略显平淡，特别是较之于曹植的《白马篇》。但是，了解"正始之音"的背景后，再看这首诗，再体会诗人阮籍报国无门的愤恨，心中不免满是哀怜。王勃说"阮籍猖狂"，却不知其"猖狂"之缘由。世人批阮籍消极，却不查消极之根，岂不悲乎？以穷途之哭，悼自己命运，猖狂？以报国写不能报国，消极耶？阮籍的猖狂和消极，时也？命也？人们只记得他"蔑礼法而崇放达"，有谁记得那个对着楚、汉古战场，发出"时无英雄，使竖子成名"的阮籍？

悲从心中来

渴不饮盗泉水，热不息恶木阴。

恶木岂无枝？志士多苦心。

整驾肃时命，杖策将远寻。

饥食猛虎窟，寒栖野雀林。

日归功未建，时往岁载阴。

崇云临岸骇，鸣条随风吟。

静言幽谷底，长啸高山岑。

急弦无懦响，亮节难为音。

人生诚未易，曷云开此衿？

眷我耿介怀，俯仰愧古今。

《猛虎行》陆机

关于《猛虎行》的标题，宋代学者郭茂倩在《乐府诗集·相和歌辞六·猛虎行》解释说："古辞曰：'饥不从猛虎食，暮不从野雀栖。野雀安无巢，游子为谁骄。'后人作此题者，或写客行，或写劝勉，或写功业未建的苦闷，或以猛虎喻贪暴苛政，题旨不尽相同。"

陆机的这首《猛虎行》属于写"劝勉"的名篇。

诗的开篇四句引用典故，直接表明君子要有自己的立场。《尸子》记载："孔子过于盗泉，渴矣而不饮，恶其名也。"《礼记·檀弓下》："予唯不食嗟来之食，以至于斯也！"后人便用"君子不饮盗泉之水，不受嗟来之食"来形容君子的美德。作者指出，君子即使热得难受也不在恶木的阴下休息，难道是恶木没有枝干不能遮阴吗？只是君子有一些苦心罢了。从深层次来看，作者以恶木、盗泉来比喻自己所处吴亡之初政治环境的恶劣。

"整驾肃时命"四句写道，自己听从君主的任命，不得不整理行装出仕，但面临的路途非常漫长。古人讲究"饥不食猛虎窟，寒不栖野雀林"，而诗人反用这句话，和前两句结合，说明造成自己现在"饥不择食，寒不择栖"的情况是出于无奈。

"日归功未建"六句，说明出仕后只是浪费了时间，并未建立功业。而这个时候崇云临岸而兴起，树枝随着风发出悲鸣，在山谷里时高时低地徘徊长啸，作者内心的矛盾复杂跃然纸上。

最后六句，用乐器中紧绷的琴弦弹不出怯懦的声音，来说明有高风亮节的人，说不出谗言。人生一世，实为不易，如果敞开胸襟，吐出心中不快那更不容易。自己虽然坚持正直，不与世俗同流合污，但俯仰古今，想起身世，不免仍有愧负之情。

通过这首诗，作者虽然通过自己在外行役的经历，表达壮志难酬之情，但他直言自己不改"耿介"之怀，通过细致的描写融情于理，打动读者，属于上乘之作。作者为什么会"俯仰愧古今"？这得从其家世说起。

陆机的祖父是三国名将陆逊，父亲陆抗曾任东吴大司马一职，可谓名门之后。不幸的是，在他20岁时，东吴就被西晋所灭。陆机就和他的弟弟陆云隐居到老家，闭门修学长达十年。等他和弟弟再到洛阳时，受到著名文学家张华的器重，被人合称"二陆"。在当时"太康文学"中为代表人物，被人们誉为"太康之英"。李白曾称赞他说："陆机作太康之杰士，未可比肩！"而这首可以代表陆机艺术高度的《猛虎行》无论在思想性还是在艺术性上，都有鲜明的特色。

在思想上，作者通过自己的壮志难酬，将魏晋时期混乱的时代特征含蓄地体现出来。作者生活的时代，正是三国后期、晋代东吴的动乱时代，由于各种原因，导致政权更迭非常频繁，血光之灾常见朝堂。对于文人士大夫来说，终日如履薄冰、惶恐不安。如果说阮籍的"穷途之哭"是对日渐沦落时局的控诉，那么，陆机的"亮节难为音"、"俯仰愧古今"等，都是亡国后发自内心的悲鸣。诗人的悲，很大程度上来自自己的家世和人格追求，他用曲折的方式，隐约地点出当时的政治混乱，表示自己虽然志向高远，但还是未能逃脱，这是其悲从中来的根源。

在艺术创作上，《猛虎行》和阮籍的《咏怀》一样，虽是借用乐府歌的形式，却为这种形式注入了婉转的抒情风格，故刘勰在《文心雕龙·体性》中说："士衡矜重，故情繁而词隐。"除此之外，在章法上作者也善于推陈出新，变化显著，除开头四句外，突破乐府古辞的固有章法，为一大特色。除此之外，诗人用词准确，对偶整饬，也是这首诗的另一大艺术特色。诗人用"盗泉"、"恶木"、"猛虎窟"、"野雀林"、"急弦无懦响"、"亮节难为音"等一系列工整的对仗和贴切的比喻，将情境推到极致。清学者沈德潜对其评价颇高，称："士衡诗亦推大家。"

人们都力捧"魏晋风度"，羡慕他们"简约云澹，超然绝俗"，通过这首《猛虎行》便可知道，这豪迈和飘逸下掩藏着多少无奈。

春风得意万里行，侠骨正香

豪气万里

肃肃秋风起，悠悠行万里。

万里何所行，横漠筑长城。

岂合小子智，先圣之所营。

树兹万世策，安此亿兆生。

讵敢惮焦思，高枕于上京。

北河秉武节，千里卷戎旌。

山川互出没，原野穷超忽。

撞金止行阵，鸣鼓兴士卒。

千乘万骑动，饮马长城窟。

秋昏塞外云，雾暗关山月。

缘严驿马上，乘空烽火发。

借问长城侯，单于入朝谒。

浊气静天山，晨光照高阙。

释兵仍振旅，要荒事方举。

饮至告言旋，功归清庙前。

《饮马长城窟行》杨广

公元 612 年，隋炀帝杨广以高句丽王拒绝朝谒为由，发动了蓄谋已久的"北伐"战争。部队行至长城脚下，百万大军与万里长城交相辉映，一时气势豪迈至极，隋朝皇帝惊叹于先辈修筑如此宏伟的军事防御工程和军队的威仪，为了鼓舞军心，也为做战前动员，他写下这首诗。隋炀帝本期待凯旋以告宗庙，谁料军队在鸭绿江畔遭到伏击，当年便铩羽而归，但是这首诗却被行军主簿记录下来，取乐府诗名《饮马长城窟行》。

全诗的大意是：瑟瑟秋风中，军队行至长城；以我的才能难成此伟业，这是先辈们营造的；这次北伐的目的和长城一样，旨在保境安民；岂敢惧怕焦虑在京城享乐；在北河边看见持节的将领，我们的军队绵延千里；山川和旷野无穷无尽；鸣金收兵，鸣鼓进攻；千辆战车万枚骑兵在长城脚下饮马；秋天的塞外阴云连天，雾霾遮住了关山的月亮；送物资的骏马凌空奔跑，空中燃起烽火；向长城边的侦察兵打探军情，他说单于将来朝谒；清晨的曙光将荡清边塞的邪恶；就算没有战争也要鼓舞士气，要让远方各国来朝谒；等我们凯旋归来时，将告庙祭祖，赏赐群臣。

这首诗是炀帝的代表作，同时也是隋朝诗歌豪放派的代表作。在内容上，"安此亿兆生"从"保民"的角度歌颂了长城的伟大功绩，也是一代君主应有的态度。因此后世有评论者在读到隋炀帝的这首《饮马长城窟行》时，大赞有"魏武之风"。从诗体来看，此诗很明显地继承了北朝风格粗犷慷慨的边塞诗。炀帝本就美姿仪、少聪慧、好学善属文，在虞世南等陈朝旧官的从小教导下，他亦深谙长诗的对仗与画面感组合，如"浊气静天山，晨光照高阙"，加上"秋风"、"戎旌"、"烽火"等意象渲染出长城与战场两大场景凄美雄壮的情景，整首诗营造出一种悲凉的美感。值得一提的是，本诗中动名词的转换使用也非常到位，如"秋昏塞外云，雾暗关山月"中的"昏"、"暗"，已有大家风范，是写长城的佳作，与其他边塞诗不同的是：本诗只是在第一句叙述了天气之后便没有对风景做过描述，通篇都在夸张地渲染军队的强大和帝国的威武，这着实也是一代帝王的本能与责任吧。

隋朝建于公元 581 年，公元 589 年，由晋王杨广灭陈完成统一大业。因此，隋朝文学的主力主要是围绕在炀帝周围的文学侍从。他们大多由梁、陈入隋，大体上继承了南朝诗歌的浮华之风，讲辞藻华丽，重音律工整，为作诗而作诗。在这种情况下，由北朝入隋的诗人带来了一股苍劲有力的诗风，其中杨素是一代传奇式豪杰，他的诗"雄深雅健"（清刘熙载《艺概》），《出塞二首》是其代表作。而皇帝杨广的诗风兼取南北之众长，既有《春江花月夜》、《江陵女歌》的丽而不艳，华而不靡，又有《野望》、《悲秋》、《饮马长城窟行》等雄健的作品，难怪有人称其颇有"魏武之风"。著名文学家袁行霈先生在《中国文学史》中对《野望》一诗也给予了充分肯定，称其"意象的配置相当巧妙，画面简单而富有情味"，他本人对隋炀帝在隋朝文学中的地位也非常赞赏。

隋朝文学是承前启后的特殊时期，在结束了中国自两晋以来长期分裂的局面后，这种再次的统一就像一座大火炉，把以前分裂的南北朝文学放在一起煅烧。只可惜 38 年的短命使其未到火候就匆匆结束了，除了杨、卢、薛等人和炀帝本身所作为数不多的豪放诗外，以炀帝为中心的文学集团把南北朝文学从以"征夫"、"怨妇"、山水、男女之情为主题逐渐转变到以"应制"、"奉和"为主题的宫廷诗上面来，他们也不再像先辈那样强烈追求诗歌创作的艺术表现形式。在炀帝成为掌舵人之后，隋朝把中国文学史这艘船逐渐驶向了另一个方向，同时这种浮华的宫体诗也预示着必须有人转回舵轮，改革已成不可阻挡的事实。

从单纯的文学角度看，这首《饮马长城窟行》是隋朝为数不多的优秀的边塞诗。只是，当时全国各地已有反兆，作为一朝天子的隋炀帝并没有放在心上，反而抱着"要荒事方举"的"豪气"胸有成竹地发动对外战争。如此看来，说他好大喜功、不顾民意也毫不为过。隋炀帝先后三次征高句丽，又亲征吐谷浑，终于导致民怨四起。公元 618 年，杨广在江都被部下杀死，短暂的隋朝及隋朝文学也随即结束了。

分别的岔路

城阙辅三秦，风烟望五津。

与君离别意，同是宦游人。

海内存知己，天涯若比邻。

无为在歧路，儿女共沾巾。

《送杜少府之任蜀州》王勃

明代学者胡应麟在其作品《诗薮》中写道："大历以还，易空疏而难典赡；景龙之际，难雅洁而易浮华。盖齐、梁代降，沿袭绮靡，非大有神情，胡能荡涤。唐初五言律，惟王勃'送送多穷路''城阙辅三秦'等作，终篇不著景物，而兴象婉然，气骨苍然，实首启盛中妙境。"而后人则更为熟知、赞赏的是"海内存知己，天涯若比邻"一句。无论如何，《送杜少府之任蜀州》（也称《送杜少府之任蜀川》），都在唐诗中树立了一个供后人仰望的标杆。

王勃是"初唐四杰"之首，"六岁善文辞，九岁得颜师古注《汉书》读之，作《指瑕》以摘其失"。可见其文采之高。这首《送杜少府之任蜀州》，是王勃给自己的朋友的送别诗，其中"杜少府"并非人名，"少府"是县尉的别称。所以，这首诗是王勃写给一位姓杜的将要去蜀州做县尉的朋友的送别诗。

"城阙辅三秦，风烟望五津。"工整的对仗写出了送别的时间和地点。"三秦"指的是关中地区。秦末项羽灭秦后，把关中地区分为雍、塞、翟三个国家，所以，后人称这一地区为"三秦"。"五津"，指的是白华津、万里津、江首津、涉头津、江南津五个位于岷江的渡口。在这里用"五津"泛指友人将要赴任的蜀川地区，而在此地远眺，则依稀看到的是白华津等蜀川地区。想到友人要离开繁华的长安而去蜀川赴任，心中就像那朦朦胧胧的烽烟一样，飘过丝丝忧伤。

如果这时有什么话可以安慰的话，莫过于这句"与君离别意，同是宦游人"。虽然和好友要分别，但是我们都是同一类人。我们虽都"难舍大国长安城"，但无奈地都要离开家乡外出为官，想到这里，还有相互体谅之人，心中顿时觉得好些。这句"感同身受"的话语，细腻地描写出了对友人真挚的关怀，字里行间透露出惺惺相惜之情，很是感人。

如果这句"同是宦游人"安慰的还不够贴切，那么"海内存知己，天涯若比邻"则进一步说明距离不能割舍友情。恰当的比喻、大胆的想象、经典的内涵、真切的情感使得这句"海内存知己，天涯若比邻"被后世一代又一代送别之人沿用。曹植《赠白马王彪》有"丈夫志四海，万里犹比邻"，但"海内存知己，天涯若比邻"在艺术手法和表达内容上却更进一步，后人再无超越之作。

既然"天涯若比邻"，我们在那分别的岔路有什么理由流泪呢？作为大丈夫就不应该"儿女共沾巾"！不要在分别之际，像个小儿女一样，"执手相看泪眼"，这可不是大丈夫所为。

全篇看来，除了前两句表面写景之外，通篇都是勉励和慰藉之词，却无半点华丽。朴实无华可以说贯穿了整首诗，是这首诗的艺术特色，也是它的好处。从宋、齐、梁、陈到隋朝、初唐，几乎诗歌中都充斥着浮华艳丽的色彩。而王勃通过这首没有堆砌辞藻和典故，只是用质朴的语言的诗，"润物细无声"般将送别时复杂的情感和对友人的勉励写得如此之"真"，这么颇有豪气，真是难得。"初唐四杰"所坚持的"壮而不虚，刚而能润，雕而不碎，按而弥坚"的诗风，对随后诗歌创作的转变起了很大作用，也是盛唐诗歌取得巨大成就的先导。

很多人都写送别，南朝文学家江淹甚至在《别赋》里把各种的离别写个尽，使人"黯然销魂"。但读王勃的《送杜少府之任蜀州》诗，无疑是格调最高的佳作。之后，好友惜别，"眼前有景道不得"，因为"王勃海内题佳句"！

深入骨髓的好豪迈

烽火照西京，心中自不平。

牙璋辞凤阙，铁骑绕龙城。

雪暗凋旗画，风多杂鼓声。

宁为百夫长，胜作一书生。

《从军行》杨炯

用《从军行》这个古乐府主题进行创作的诗人不胜枚举，但真正把《从军行》写出深入骨髓的豪迈气势的，除了杨炯，恐怕也没几个了。

"烽火照西京，心中自不平"。绵延万里的边防线上紧急的烽火一直波及了西京长安，战士心中激动万分，多少次枕戈待旦，终于等到上阵杀敌的时刻。诗人的高超之处就在于以开篇紧张的战争气氛刻画出一个英勇士卒渴望冲锋陷阵、保家卫国的生动形象。"烽火"是古代边防用于警示敌人入侵的信号，"诗圣"杜甫有"烽火连三月，家书抵万金"之名句，用来讲战争的残酷。"烽火"照在都城长安上，不光是将士们，就连诗人心中的"不平"都很自然。

"牙璋辞凤阙，铁骑绕龙城。"牙璋者，帅印也，似信陵君之虎符；凤阙者，皇城也。这两句是在说，领到帅印的将军背负着皇命离开了皇宫，率领铁骑将敌人盘踞的龙城重重包围。唐初的武将总是百战百胜、意气风发，这在其他时代难以看见，这些人得到命令便直捣虎穴的勇气，很大部分来自对战争常常有的必胜决心。就像大型纪录片《大明宫》讲述的那样："唐朝的官员拥有一种独特的气质，在大唐之前的魏晋南北朝时期，文人们谈空论玄，多少有些病态，大唐之后的宋明王朝，官员们老成世故，多少有些偏狭。而大唐的文人，似乎更为刚健，更为豪爽，更具有开拓精神。"这不光是大唐将士们的风骨，更是大唐文人独有的风貌。他们胸中豪迈数千里，只等敌军来犯矣。

"雪暗凋旗画，风多杂鼓声。"战场上被风雪洗刷过的褪色的战旗，还有风声拍打着鼓面，发出隆隆的声音。这两句是通过"旗"和"鼓"这两种战场上凄凉的意象来表现战争的残酷。丘吉尔谈到二战时说"这本是一场可以避免的战争"，裴松之亦道"攻心为上，攻城为下"。是的，战争都是可以避免的，如果不战而屈人之兵是"善之善者也"。只是，为了守卫边关，为了还人民和平，在对敌人的警告无用的情况下，被迫应战而已。此时的"旗画"和"鼓声"好像也在这样诉说一样。

"宁为百夫长，胜作一书生。""百无一用是书生"，班超"弃笔从戎"；伏波将军"马革裹尸"战死沙场，作为一个男子汉，有什么理由不去守卫脚下的土地？如此说来，宁愿入伍做个小小的百夫长，也远远胜过一介书生。我们可以揣测，这或许是诗人屡试不中的抱怨，或者又是多年的军旅生涯带给他难以磨灭的印象。

边境传来烽火，将军领命后带领铁骑直奔敌营，诗人用简练豪壮的语言描绘了一个简单的故事，一个只属于唐朝的典型故事。

杨炯是"初唐四杰"之一，在唐初文坛曾荣耀一时，著有《盈川集》，推崇反映现实问题、语言铿锵有力的、类似"魏晋风骨"的豪放诗。诗人本人在这方面也颇得造诣，《从军行》作于唐初最后一次大规模对外战争的胜利——裴行俭征突厥后，唐朝军事上达到顶峰，国力强盛。在这种背景下，诗人亦感自豪，对未来充满信心，这首诗表现出诗人对军人崇高的敬意也源于此。杨炯写出了很多优秀的边塞诗，除《从军行》，还有《出塞》："塞外欲纷纭，雌雄犹未分。明堂占气色，华盖辨星文。二月河魁将，三千太乙军。丈夫皆有志，会见立功勋。"描写大丈夫从军报国的雄心壮志，表达自己曾热衷于建立战功的理想；《战城南》："塞北途辽远，城南战苦辛。幡旗如鸟翼，甲胄似鱼鳞。冻水寒伤马，悲风愁杀人。寸心明白日，千里暗黄尘。"利用边塞壮阔凄凉的风景反衬出将士的劳苦，但对战争抱着必胜的信心；《紫骝马》："侠客重周游，金鞭控紫骝。蛇弓白羽箭，鹤辔赤茸秋。发迹来南海，长鸣向北州。匈奴今未灭，画地取封侯。"等等。从这些优秀诗作的诗风转变中，可以看出杨炯对于唐初诗风的改变有着显著贡献。

为自己呐喊

平生闻高义，书剑百夫雄。

言登青云去，非此白头翁。

胡兵屯塞下，汉骑属云中。

君为白马将，腰佩骍角弓。

单于不敢射，天子伫深功。

蜀山余方隐，良会何时同。

《送别出塞》陈子昂

前文在论述《饮马长城窟行》时提到：隋炀帝杨广这个不合格的掌舵人将中国文学史这艘船逐渐驶向萎靡的宫廷风。同时，这种浮华的宫体诗也预示着必须有人转回舵轮，改革已成不可阻挡的事实。终于在唐初，这批人出现了："初唐四杰"

首掀改革之风，他们反对鼓吹盛世、歌舞升平的无病呻吟，反对"上官体"；他们引领唐初诗歌从宫廷走向民间，走向人民，以至更广泛的"接地气"的题材。他们在风格上主张"雄健"、"壮阔"，接近于"魏晋风骨"。但是他们的改革还不彻底，像《滕王阁序》等还有很明显骈赋、对偶等齐梁遗风。所以，"初唐四杰"是唐初文学新旧时期的过渡人物，他们只是揭开了文学改革的序幕，这时候，"诗骨"陈子昂出现了，同时带着"清晰而透辟的理论主张"和一批优秀的实践作品。

本诗虽不是诗人最著名的代表作，但从风格来看，无疑是诗人最为豪迈的作品。史载，陈子昂少年任侠，好击剑，年十八伤人，弃之习文，"数年之间，经史百家，罔不赅览。尤善属文，雅有相如、子云之风骨"。遂入京，因"胡琴事件"名声大噪，时人赞其"必为海内文宗"。不久，中进士，又因故见疑于高宗，渐远之；及武则天出，叹其才，授以麟台正字，擢右拾遗。后随武攸宜出塞征契丹，也算是亲历战争之人，这首诗是他为当时的一位姓陆的将军送别而作。

"平生闻高义"四句，看似在写这位将军的勇猛，实则写出自己生来喜欢"高义"的志向。这位将军不但文武双全"书剑百夫雄"，还有高风亮节。如果有人让他谋求升官发财，他则会说，如果早那样做，就不是现在这样的"白头翁"形象了。

"胡兵屯塞下"四句，描写的是战争背景和这位将军飒爽的英姿。在当时，匈奴已经屯兵在云中这个属于唐朝的领地。国土被敌人占领，怎能不去收复？这也是这位将军出塞的目的，也是诗人送别的缘由。而这位将军骑着白马，腰中佩带着宝剑、红色角弓，一副志在必得的样子。这位将军取得了多大的战绩呢？

"单于不敢射"就是答案。匈奴的首领单于见到我们的将领竟不敢开弓，可见我军的威仪之强！这也就是天子派白马将军出征的理由，他相信将军一定会得胜归来，为他把庆功宴都准备妥当了！

说到这里，该说的说得差不多了，可是诗人还有些不舍：我刚刚来到蜀山隐居，不知道何时能与君再相逢啊！

陈子昂为陆将军送行，何尝不是为自己呐喊！他心中也有出塞征伐的强烈愿望。在被武则天升为右拾遗后，他终于有了出征的机会。公元 696 年，契丹首领李尽忠、孙万荣等率军攻陷营州，武则天派武攸宜率军进行征讨，而陈子昂则在武攸宜幕府中担任参谋一职，终于得以随军出征。但武攸宜并非那位《送别出塞》中的将军，不但胸无谋略，还刚愎自用。陈子昂的合理建议不但多次遭到武攸宜的拒绝，气愤的武攸宜还把陈子昂降为军曹。面对接连的打击，心中的悲愤无以为泄，恰巧登上蓟北楼，看到眼前之景，写下了《登幽州台歌》："前不见古人，后不见来者。念天地之悠悠，独怆然而涕下！"

这样看来，诗人的《送别出塞》看似在写一位别的将军，其实也有自己的影子。人们往往记住的是陈子昂"独怆然而涕下"的伤悲，可曾知道他使"单于不敢射"的豪情！

除了政治上的抱负，在文学上，陈子昂反对初唐时期浮艳的诗风，而力主"汉魏风骨"，因此如《送别出塞》这样的诗篇中可以看见他的朴质、激越和豪放。这样标志着初唐诗风的转变，一个杰出诗作成批出现的高潮即将到来。

只恨遥遥夜晚

海上生明月，天涯共此时。

情人怨遥夜，竟夕起相思。

灭烛怜光满，披衣觉露滋。

不堪盈手赠，还寝梦佳期。

《望月怀远》 张九龄

苍茫的大海上升起一轮明月，每逢此时你我都会在天涯两端隔海相望；有情的人常抱怨夜晚过于漫长，互相思念对方直至天明；熄灭蜡烛怜爱这充盈满屋的月光，披上衣裳发觉夜露微凉；月光姣好恨不能捧一手送给你，只愿在美好的梦乡与你相见。

"月"作为一种抒情意象出现在诗中古往今来已属常见，古人离家多时，身处异乡的时候喜欢对月低吟，唱出相思；远隔千里时，大概只有这轮明月才是彼此能共同感受到的。作为唐代开元时期的政治家、诗人，张九龄对望月思亲有着独到的认识。在官场沉浮多年，他深感人情冷暖、世态炎凉，只有家才是真正温暖的归属，只有家人才是真正坦诚的至亲。诗人曾数次因生性耿直与皇帝见解不和，辞官返乡，所以，家在他心中永远是一个可以依靠的后方。加上他常在他乡为官，在宁静的夜晚，当明月爬上梢头，诗人难抑思乡之情，写下了这首《望月怀远》也属正常。

"海上生明月，天涯共此时"，第一句诗磅礴大气，点明主旨，看似写景，实则抒情，情景交融，直接道出"望月"主题，"海上"、"明月"等意象的使用使这句诗非常具有画面感。远处遥远的海上逐渐升起一轮皎月，诗人设想天各一方的彼此在看同一轮明月的同时都在思念着对方。寄相思于明月，睹月思人，这种意境与稍早的"春江潮水连海平，海上明月共潮生"，及以后的"明月几时有，把酒问青天"等一同成为千古佳句，至今仍被四方引用。2010年上海世博会歌曲之一《海上生明月》便引自这首《望月怀远》，歌中唱道"海上生明月，天涯若比邻"。

第二句"情人怨遥夜，竟夕起相思"，则由景入情，举目望月，诗人的思乡思人之感油然而生。有情的人抱怨漫漫长夜，辗转反侧难以入眠，不知不觉已是天明，背负着这种难以言状的相思之情度日如年，白天幸好公务在身，顾不上很多，可一到夜晚孤枕难眠，亲人熟悉的面孔在眼前萦绕。闭上眼睛全是思念，只恨遥遥夜晚，短短十字道出诗人内心如此丰富的情感。

第三句"灭烛怜光满，披衣觉露滋"，则转入叙述。熄灭蜡烛又怜爱这满屋的月光，披上衣裳感到夜露微凉。"怜"、"滋"等字则是诗人的直观感受，这种字词使这句诗读来深感孤独、寒冷，像是一道寒光直接刺向读者内心深处的同情心，营造出一种非常凄凉的气氛，读来如身临其境，倍感寂寞。

第四句"不堪盈手赠，还寝梦佳期"，则是上句的延长。不能双手捧上这满屋的月光送给远方的你，只求在梦里相会，充盈满室的月光此刻在诗人眼中无疑是最美好最珍贵的存在，"柔情似水，佳期如梦"，还是睡吧，这样才能与你相会。全诗由一句气势豪迈的写景句开篇，由细腻的、深情的抒情句结束，意味深长，余音绕梁……

张九龄为人正直，敢做敢言，这种人在当时君主专制的中国是容不下的，所以他的一生注定是崎岖坎坷。他曾高瞻远瞩地预见到盛唐的浮华下隐藏的种种社会矛盾，给当朝者以警醒，在一定程度上"延长"了"开元盛世"。他曾提醒玄宗注意"有反相"的安禄山，反对牛仙客为尚书，而使玄宗不快。加上玄宗日渐减少的雄心和逐日见长的昏庸，张九龄时常郁郁不乐，这样，离乡为官之际的诗人不得不常常对月抒怀，思念亲人，由此产生了一些佳作。

不得不说的是，隋唐时期由于科举制度的开创和逐步完善，大批优秀的文人科举入仕，于是就出现这样一种现象：很多人既是政治家又是文学家，张九龄就是其中的代表。其实，这种情况在后来的宋朝也屡见不鲜，像王安石、司马光、范仲淹、苏轼等人，也都有政治家、诗（词）人的双重身份。正是这样的双重身份，在中国文学史中才看到诸如官场失意、仕途浮沉、官职的变换引起的寄情山水、望月抒怀等作品。而《望月怀远》正是这些作品中的艺术瑰宝。读《望月怀远》不知大家能否察觉到其中透露出的政治气氛呢？

琵琶声声，号角阵阵

葡萄美酒夜光杯，欲饮琵琶马上催。

醉卧沙场君莫笑，古来征战几人回？

《凉州词》王翰

王翰，字子羽，唐代著名边塞诗人，据说他豪放洒脱的性格和满腹经纶的才华连当朝宰相张说都被打动。最终，在张说的推荐下，王翰做过唐秘书正字、驾部员外郎等官职。张说是唐朝著名诗人，善于发掘人才，可谓"诗探"，除了王翰，他还提拔过贺知章、张九龄等人。而贺知章则向玄宗皇帝及其妹妹玉真公主推荐过李白等诗人，李白曾在行伍之间救过当时默默无名还是小卒的郭子仪，而20年后功成名就的郭子仪又救了卷进"永王事件"的落魄的"诗仙"，其中关系，为后人提供了无尽的谈资。著名文学家袁行霈先生在《中国文学史》中将张说和张九龄二人放在一起另辟一章单独论述，而在谈论张说时写道，经过张说的引荐，很有才华的王翰才开始了政治生涯。但是，有才华并不等于会做官，王翰后来因张说罢相，一路被贬，最后卒于道州司马任中。《全唐诗》中王翰的诗有14首，有《凉州词二首》、《饮马长城窟行》等，而《凉州词二首》无疑是他的代表作。

这篇《凉州词》是《凉州词》（其一）也是最著名的一首。全诗的大意是：精美的夜光杯中盛满葡萄美酒，刚要畅饮时战场上响起催令的琵琶声，醉倒在沙场上你们不要笑话，历来征战的良人有几个平安回来。

葡萄酒和夜光杯都是西域特产，诗人借助这些西域特产，意在指出西北边疆的战事。第一句写战士们在休战之余饮酒消遣，刚刚盛满葡萄美酒，营帐外即传来催征的琵琶声。琵琶最早出现在中国秦朝，到了唐朝，琵琶发展到全盛时期，是宫廷演奏、民间自娱甚至军事号角的必需品，经典曲目则是《十面埋伏》等。白居易《琵琶行》用"大弦嘈嘈如急雨，小弦切切如私语。嘈嘈切切错杂弹，大珠小珠落玉盘"来描写这美妙的琵琶声，琵琶发展为一种军事乐器也是唐朝的事，琵琶是催人做战事准备。

醉倒在沙场你们不要见笑，古来征夫几人归还。这一句急转直下，由上句慵懒的战前消遣转到描写战争的残酷，使人在心理上产生很大的落差，人生苦短，军人都是提着脑袋过活，该享乐时就享乐，说不定明天就马革裹尸还了，一种凄凉的情感油然而生。

《唐诗别裁集》说这首诗："故作豪放之词，然悲感已极。"从全文的内容看来，表面看似是悲情的流露：战争即将开始，而将士们还在"醉卧"，因为这场战争后，不知道还有无归来之日。这样看来，前面的"葡萄美酒夜光杯"等美好的事物，都是为后面的"悲"做铺垫而已。悲来自战争，战争对于人们性命的无情掠夺，"秦时明月汉时关"，朝代不停更迭，可战争却从未消失。

可从文章的气势来看，文义却并非完全悲凉，而是一股豪迈、粗犷的雄风。虽然琵琶声声在催，号角阵阵在吹，可是战士们还是拿出"夜光杯"饮着"葡萄美酒"。这样豪迈的气势，很难独处悲凉。而且我们"醉卧"在战场上你们可不要笑，因为我们这是痛痛快快地迎敌，管他生死，起码这一仗酣畅淋漓！如此说来"故作豪放之词"的论断也不完全正确。诗人通过豪迈旷达的笔触，表达的是"慷慨赴国难"的视死如归之豪情。不同的是，这次奔赴战场，有了美酒的陪衬，气势上更为铿锵有力，其强大的感染力，让人久久难以忘怀。

除了《凉州词》，诗人还填过古曲《饮马长城窟行》，来讽刺秦始皇为修筑长城而劳命亡国。诗人还有《春女行》、《古蛾眉怨》等佳作传世，名噪一时。当时，张说在谈到王翰时说："王翰之文，有如琼林玉。"而杜华的母亲则更进一步说："吾闻孟母三迁。吾今欲卜居，使汝与王翰为邻，足矣！"可惜的是，这样才华卓越的文人，史书记载甚少。而《全唐诗》中，仅有他的 14 首诗而已。

春风不过玉门关

黄河远上白云间，一片孤城万仞山。

羌笛何须怨杨柳，春风不度玉门关。

《凉州词》（其一）王之涣

这首诗是以古曲名《凉州词》填词的又一力作！作者王之
涣出生于官僚世家，祖辈曾官至刺史，但他的政治生涯终其一
生不过是县尉等小官。与之相反，王之涣在文学上的成就却很
大，他和高适、岑参、王昌龄并称"四大边塞诗人"。王之涣善
于用平实的彩色语言描写出边塞壮阔的景色，用以反衬边境士
兵艰苦的作战环境以及悲戚的思乡之情。可惜的是，王之涣传
世的诗多已散失，入《全唐诗》的只剩六首，比较广为人知的
有《凉州词》二首和《登鹳雀楼》。虽然不多，却首首精华、字

字珠玑，是中国诗歌宝库中难得的明珠。

与王翰的"葡萄美酒夜光杯，欲饮琵琶马上催。醉卧沙场君莫笑，古来征战几人回"相同，王之涣也用《凉州词》这一曲调来填词。与王翰诗不同的是，王之涣的《凉州词》更多的是在写景。

中华文明起于黄河，黄河像一位不知疲倦的母亲，不停地奔流到海。如果远观，可以看见她绵延千里、蜿蜒曲折，仿佛是由天上而来一样。"黄河远上白云间"，七个字就描绘出黄河远眺的壮阔景象。"黄河"与"白云"相映成趣，就像"落霞与孤鹜齐飞，秋水共长天一色"所描述的那样，水天相接，形成一幅优美壮阔的图画。

而黄河流经的边关是怎样的一幅景象呢？一眼望去，山川雄阔苍凉，在山川的簇拥下，远远有一座"孤城"。在那里，漫天黄沙遮住太阳，看不到一丝青色，更别说鸟禽的叫声。人们看到的只有那血红的残阳和陡峭的山崖。而在高山的对比下，这座"孤城"的地势险要、将领的孤危渐渐地逼近人们的心头。

这座"孤城"就是玉门关。玉门关建于汉武帝时期，是丝绸之路的重要枢纽。到诗人存在的唐代时，玉门关渐渐无人问津，一派萧索，就像一片孤城伫立在绵延的山中。唐时边塞军民喜欢羌笛这种发出悲凉声音的乐器，"燕然未勒归无计。羌管悠悠霜满地"，羌笛又何必吹出这么凄凉哀怨的《折杨柳》？《折杨柳》是古曲名，古人常以此表达惜别送友之情，如京兆灞桥一带风俗"折柳送别"。王维有诗《送元二使安西》写道："渭城朝雨浥轻尘，客舍青青柳色新。劝君更尽一杯酒，西出阳关无故人。"就是写折柳送别的经典，该诗也被后人编成曲子《阳关三叠》。

"春风"是一种象征美好的意象，像"忽如一夜春风来，千树万树梨花开"、"春风又绿江南岸"、"野火烧不尽，春风吹又生"等诗句描写的一样，春风总是带来收获和果实，可是这么美好的春风就是吹不到远在边塞的玉门关！这句承接上句的"羌笛何须怨杨柳"，用豁达的态度安慰众人：羌笛为何总是吹出那首极尽哀怨的《折杨柳》呢？要知这玉门关是春风吹不到的地方，你吹得再感伤，也无杨柳可折！"何须怨"一词，放进这样的语调中，也有劝戍卒不要怨的意思，让诗意更为含蓄、深远。也有人认为王之涣在借"春风不度玉门关"暗喻皇帝的惠民政策总是不能到达边塞或者说和平的时代总是迟迟不肯到来。如明代的杨慎就说："此诗言恩泽不及于边塞，所谓君门远于万里也。"至于诗中表达的深意，每个读者都会有不同的解读。

关于这首《凉州词》还有一个典故，说清朝慈禧太后想找一个书法家在折扇上题字，书法家出于紧张疏忽，将王之涣的这首《凉州词》写成"黄河远上白云，一片孤城万仞山。羌笛何须怨杨柳，春风不度玉门关"，少了一个"间"字。太后认为这是公然嘲笑满清人不懂唐诗，怒而欲斩之。这个书法家急中生智，说自己写的其实不是王之涣的诗，而是一首词，当即断句："黄河远上，白云一片，孤城万仞山。羌笛何须怨，杨柳春风，不度玉门关。"太后闻之大喜，奖之。这个故事固然在夸奖那个书法家的灵活机智，但是也充分说明王之涣这首诗字字既独立又联系，灵活多变，可随意拆分，可见王之涣功底之深厚。

值得一提的是，除了这首《凉州词》，王之涣另有代表作《登鹳雀楼》："白日依山尽，黄河入海流。欲穷千里目，更上一层楼。"入选小学语文教材，和那首脍炙人口的"床前明月光，疑是地上霜。举头望明月，低头思故乡"一样都是很好的唐诗启蒙读物。

归人未归

秦时明月汉时关，万里长征人未还。

但使龙城飞将在，不教胡马度阴山。

《出塞》王昌龄

　　王昌龄是中国边塞诗史上一个里程碑式的人物，为中国边塞文学的发展做出了不可磨灭的贡献。王昌龄，字少伯，武则天圣历元年（1698年）生，少贫贱，及不惑，乃中进士，补秘书省校书郎，授汜水尉，再迁为江宁丞，岑参与之交好，赠诗《送王大昌龄赴江宁》以勉之。后不护细行，贬龙标尉，时李白于扬州闻之，痛而作《闻王昌龄左迁龙标遥有此寄》："杨花落尽子规啼，闻道龙标过五溪。我寄愁心与明月，随风直到夜郎西。"天宝十五年（756年），为刺史闾丘晓所杀，终年58岁。

这首《出塞》是诗人早年赴西域的作品，这一时代，唐朝军事力量强盛，屡屡对外用兵，扫平边境。所以，这一时期边塞诗人的作品中，大多体现的是一种慷慨激昂的精神和强烈自信。

"秦时明月汉时关"二句，勾勒出的是边关的一片苍凉之景。在这道关口，经历了秦朝的明月和汉代的兴衰。一直到了今天，数以万计的兵丁为了保家卫国出关而去，而归来的有几个人呢？第一句在艺术手法上采用"互文见义"的方式，在时间的行进中道出战争的频繁；而第二句则是通过归人未归间接写出战争的残酷，与第一句呼应。让人在字里行间感受到战争的迫近。

"龙城"是匈奴人祭天集会之地，颇为神圣。"飞将"即"飞将军"李广。李广是西汉名将，箭术天下无双，曾在上谷、上郡、北地、雁门、代郡、云中等边境地区做太守，匈奴非常畏惧他，称他为"飞将军"。"阴山"起于自河套西北，横贯西北，是保卫北方的屏障。"但使龙城飞将在"二句正是说，如果有李广这样的戍边名将坐镇，胡人（匈奴）安敢越过阴山？表面上看，是对名将的渴望，实则是对和平的渴望。

明代的李攀龙曾形容这首《出塞》为"唐人七绝的压卷之作"。清代的沈德潜则更进一步点出其"压卷"的缘由："'秦时明月'一章，前人推奖之而未言其妙，盖言师劳力竭，而功不成，由将非其人之故；得飞将军备边，边烽自熄，即高常侍《燕歌行》归重'至今人说李将军'也。防边筑城，起于秦汉，明月属秦，关属汉，诗中互文。"

其实这首诗的绝妙并不单单在"诗中互文"，更重要的是作者用看似平凡的手笔，写出雄浑的格调。全文一气呵成，诗意流畅，无愧于"七绝圣手"的称号。纵观诗人的一生，以"塞外边关"为主题的作品始终是其创作的主旋律，《出塞二首》、《塞上曲》、《塞下曲》、《从军行组诗》等都是边塞佳作，可这首《出塞》最有名，原因就在此。

盛唐是中国文学史上光辉的一笔，是一个文学家辈出的时期。在这种时期，王昌龄结识了李白、孟浩然、高适、綦毋潜、李颀、岑参、王之涣、王维、储光羲、常建等一流诗人，他们相逢时如遇知音、相见恨晚，离别时多有不舍，好以诗相赠。所以送别诗也占据了王昌龄作品的一部分。著名文学家袁行霈先生总结出王昌龄的诗以三类题材居多，即边塞、闺情宫怨和送别。送别和边塞诗往往有交错，也正是由于边塞和送别的题材让他的豪放被人们记住。谁能记住那个隔江唱《后庭花》的商女？可谁又会忘记那个"不教胡马度阴山"的才子？

少年行，侠骨香

（其一）

新丰美酒斗十千，咸阳游侠多少年。

相逢意气为君饮，系马高楼垂柳边。

（其二）

出身仕汉羽林郎，初随骠骑战渔阳。

孰知不向边庭苦，纵死犹闻侠骨香。

（其三）

一身能擘两雕弧，虏骑千重只似无。

偏坐金鞍调白羽，纷纷射杀五单于。

（其四）

汉家君臣欢宴终，高议云台论战功。

天子临轩赐侯印，将军佩出明光官。

《少年行》（组诗）王维

王维是盛唐诗人，诗画双绝，他精通佛学，甚至以佛经名作为自己的名字，故世称"诗佛"。王维是山水田园诗的代表人物。他的诗广为人知的除了入选语文教科书的《山居秋暝》"空山新雨后，天气晚来秋。明月松间照，清泉石上流。竹喧归浣女，莲动下渔舟。随意春芳歇，王孙自可留"外，他还曾把陶渊明的《桃花源》改编成《桃源行》诗，体现了极高的艺术水平，真无愧于盛唐一流诗人的称号。

然而，除了山水田园诗，王维也有不少豪放的佳作，如《少年行》四首组诗是王维豪放诗的代表作。少年是国家的未来力量，少年强则国强，历来歌颂少年的诗词就有很多，如"犀渠玉剑良家子，白马金羁侠少年"（卢思道《从军行》），等等。无论从哪种角度看，王维的这几首《少年行》无疑是军旅诗作中的经典。

其一："新丰美酒斗十千，咸阳游侠多少年。相逢意气为君饮，系马高楼垂柳边。"此诗在四首中最负盛名。新丰出产的美酒一斗值十千钱，在咸阳游历的侠客大多是意气风发的少年；新丰是唐咸阳附近的一个县，以产酒闻名，在古装影视剧或者武侠小说中，侠客身边总是少不了一壶美酒。酒代表了侠客们宠辱不惊、淡然潇洒的性格，传递着他们平易近人、拔刀相助的英雄气概。在咸阳游历的侠客很多就是这样的少年；萍水相逢，畅谈之下，但觉相见恨晚，英雄惺惺相惜，暂且把马系在楼下的柳树上，让我们一同畅饮吧！"相逢意气为君饮"，俨然有一诺千金的气势，侠客们总是很痛快地做出决定，既然这么投机，那就共饮几杯吧。"意气"二字为点睛之笔，这首诗写出诗人对侠客的赞颂和向往，对他们相逢既饮的豪气充满赞赏。

其二："出身仕汉羽林郎，初随骠骑战渔阳。孰知不向边庭苦，纵死犹闻侠骨香。"少年出身于朝廷的羽林军，一开始就跟随骑兵在渔阳打仗，明知道边塞战事艰苦，随时可能牺牲，还毅然前往。不是他不在乎性命，而是他在想，要是能流芳千古也不枉战死沙场了。"战渔阳"，指的是"安史之乱"。公元755年，范阳、平卢、河东三镇节度使安禄山引兵20万以讨伐杨国忠为借口在范阳起兵。白居易在《长恨歌》里提到"渔阳鼙鼓动地来，惊破《霓裳羽衣曲》；九重城阙烟尘生，千乘万骑西南行"，也用"渔阳"这个北京古地名来代替"安史之乱"。著名历史学家黄仁宇先生曾在其作品《赫逊河畔谈中国历史》

中以"渔阳鼙鼓动地来"这句诗作为其文第二十章的章名，论述"安史之乱"。唐朝在玄宗时期达到全盛，整个"开元盛世"军民未动兵戈，疏于防备，面对安禄山的大军，毫无抵抗之力，安禄山如入无人之境，大批无辜平民伤亡。在这种情况下，涌现出了一大批本诗所描述的侠客，他们以解天下平民于倒悬为己任，奔赴战场，视死如归，历时八年，终于平定叛乱，本诗歌颂的就是这些"羽林郎"们。

其三："一身能擘两雕弧，虏骑千重只似无。偏坐金鞍调白羽，纷纷射杀五单于。"说的也是少年游侠的豪气。少年一个人能拉开两张雕饰的弧弓，无视数千胡虏骑兵，偏坐在装有金鞍的战马上，拉开镶着白色羽毛的弓箭，弹无虚发，射杀单于无数。成功地塑造了一个身怀绝技充满自信的少年豪侠形象，这种外露的霸气不禁让人想到官渡之战中英姿飒爽的关羽。曹操指着袁绍猛将颜良问关羽如何，关羽轻蔑笑道："吾观颜良，如插标卖首耳。"果不其然，"关公奋然上马，倒提青龙刀，跑下山来，凤目圆睁，蚕眉直竖，直冲彼阵。河北军如波开浪裂……颜良措手不及，被云长手起一刀，刺于马下。忽地下马，割了颜良首级，拴于马项之下，飞身上马，提刀出阵，如入无人之境。河北兵将大惊，不战自乱"。这种百万军中取上将之头，如探囊取物的豪侠气概属于三国猛将，也属于唐朝少年。

其四："汉家君臣欢宴终，高议云台论战功。天子临轩赐侯印，将军佩出明光宫。"主要写少年得胜归来后的封赏。庆功宴开始了，在宴会上，君臣相对，谈论起如何战胜敌人，取得多大战功。这不由得让人想起汉明帝拜"云台二十八将"的场景。听罢战事，天子决定给少年授予侯爵。少年被这拜将封侯的恩宠击中，兴奋不已，他配着侯印，正大光明地出了皇宫。数度春秋更迭，这个少年历经重重战争的洗礼，终于成为国之栋梁！

四首《少年行》，每首都是独立的故事，但连起来却又是一个整体，像四扇衔接少年成长故事的画屏。他当初在咸阳和志趣相投的人饮数斗"新丰美酒"；他后入伍为羽林郎，不顾生死，"初随骠骑战渔阳"；在战场上，他凭借一身本事，"纷纷射杀五单于"；如今终于得胜归来，"天子临轩赐侯印"，这里面难道没有作者自己的影子？

《少年行》组诗用酣畅的笔墨塑造了一个勇于杀敌报国、舍生忘死的爱国少年的鲜明形象，既是对少年侠客的赞美，也是对建功立业的高远理想的折射。

从诗文创作上看，王维笔下的这位少年游侠，具有非常浓厚的浪漫主义或者理想色彩。但这种浪漫的描写并没有给人虚假的感觉，因为他塑造出的"豪侠凌励之气，了不可折"，散发着浓郁的生活气息，这正是诗人的高明之处。

销去这万古深愁

君不见黄河之水天上来，奔流到海不复回。

君不见高堂明镜悲白发，朝如青丝暮成雪。

人生得意须尽欢，莫使金樽空对月。

天生我材必有用，千金散尽还复来。

烹羊宰牛且为乐，会须一饮三百杯。

岑夫子，丹丘生，将进酒，杯莫停。

与君歌一曲，请君为我侧耳听。

钟鼓馔玉何足贵，但愿长醉不复醒。

古来圣贤皆寂寞，惟有饮者留其名。

陈王昔时宴平乐，斗酒十千恣欢谑。

主人何为言少钱，径须沽取对君酌。

五花马，千金裘，呼儿将出换美酒，与尔同销万古愁。

《将进酒》 李白

关于李白的出现，大型纪录片《大明宫》给出了很好的说明："（盛唐）这是一个难以用语言描绘的时代，就在这个时代，一个运用汉语语言的大师诞生了，他就是被誉为诗仙的李白。"李白于公元701年出生于西域碎叶城（今吉尔吉斯斯坦托克马克），就是当年大将军裴行俭勒石记功的地方。他后来很长一段时间在四川度过，写下《蜀道难》等经典长诗。李白"十五好剑术，遍于诸侯"，又奉道教，早年写过《访戴天山道士不遇》等诗。公元742年，李白入长安。贺知章欲将他引荐给唐玄宗，御赐其供奉翰林，他当时写下"仰天大笑出门去，我辈岂是蓬蒿人"（《南陵别儿童入京》）后，欣然前往。长安是李白人生的高峰。在长安期间，李白"豪气压群雄，能使力士脱靴，贵妃捧砚；仙才媲美，不让参军俊逸，开府清新"。写诗时让红极一时的高力士脱靴，还让唐明皇最宠幸的杨贵妃亲自捧砚。他这种洒脱不拘的性格，很不能被宫里之人接受，因此两年半后他被"赐金放还"。愤然离京前，李白写下"安能摧眉折腰事权贵，使我不得开心颜"。他身上流露着与生俱来的游侠气息，这也是他不为上层社会所容纳的原因，离京后诗人和好友岑勋曾多次应邀到嵩山元丹丘处做客，他曾写过五律《酬岑勋见寻就元丹丘对酒相待以诗见招》以答谢好友，也就是这一时期，他写下这篇经典长诗《将进酒》。

《将进酒》是汉乐府曲名，用以劝酒，诗人老调新谈，写出了借酒消愁、壮志难酬的新意。全诗大意为：你可曾看见黄河之水从天而降，奔腾着流入大海从不回头。你可曾看见年迈的父母对着镜子哀叹自己的白发，早晨还是缕缕青丝，到了晚上怎么变成了白雪似的银发。人生在得意时要尽情欢乐，不要让空空的金酒杯对着明月。每个人在出生后都有一定的用处，乐善好施，散尽千金后相信会有回报的。杀羊宰牛为食，让我们一同畅饮三百杯，岑夫子，丹丘生，一起喝吧，不要停，让我歌唱一曲，请你们仔细聆听。高贵的乐器和美好的食物有多珍贵，还不如一醉方休，不要醒来。从古至今，圣贤们都没有遇到知心明君，倍感寂寞，只有饮酒的人青史留了名。陈思王曹植当年宴请众人，万千斗酒多么畅快，主人你怎么说钱不够呢？尽管去买酒，我们来对饮，五花骏马、千金貂裘，全部叫人拿去换成美酒，借酒消去这万古深愁。

很明显，这首诗作于诗人被"赐金放还"离开长安之后，全诗字里行间都洋溢着借酒消愁的苦闷感。虽然说一定程度上宣扬了消极的人生苦短及时行乐的思想，但是如果置身那个文化繁荣，人才济济的盛唐，满腹才华无人问津，无处施展抱负，找不到归宿感，只有靠饮留名了，也就难免有纵情享乐的想法了。

在京城的两年里，李白大多时候是靠欣赏胡姬歌舞来排遣寂寞的，他写过一首《少年行》："五陵年少金市东，银鞍白马度春风。落花踏尽游何处，笑入胡姬酒肆中。"《将进酒》的第一句与第二句是汉乐府曲的固定格式，用"君不见"来吸引读者与听众注意，李白用黄河之水和高堂白发来感慨时间飞逝。早上青丝晚上如雪，不论每日是毫无意义的混沌而过还是报效国家施展才华实现生命价值，逝者依然如流水，不舍昼夜。这一句"人生得意须尽欢，莫使金樽空对月"已传为千古劝酒的良句，更甚"劝君更尽一杯酒，西出阳关无故人"。"天生我材必有用"两句又表现出诗人非常自信，相信每个人终将拥有自己的天地。"将进酒，杯莫停"这句于全诗的中间，起到了和"君不见"一样的提醒效果，"钟鼓"与"馔玉"都是富贵的象征，但在诗人眼中，家财万贯也比不上长醉不醒来的惬意，体现了诗人淡泊名利的高尚情怀。

李白写这首诗时，早已不是"帝赐食，亲为调羹，有诏供奉翰林"的待遇。因此，他通过对陈思王宴会的向往与赞颂，也表现出了他希望遇到明君的矛盾、复杂心理。最后一句可看出五花骏马、千金貂裘与钟鼓馔玉一样，对于诗人来说，只是换取美酒的筹码，诗人的目的只有一个，就是长醉不复醒。

  酒作为李白的标志在他的一生中从未消失过，甚至有人研究称李白的死因就是醉酒后溺水而死，李白在一段时间内与"草圣"张旭、诗人贺知章等八人常在一起饮酒，被称为"醉八仙"，他的好友杜甫曾写过一首《饮中八仙歌》："知章骑马似乘船，眼花落井水底眠（贺知章）……李白斗酒诗百篇，长安市上酒家眠。天子呼来不上船，自言臣是酒中仙（李白）。张旭三杯草圣传，脱帽露顶王公前，挥毫落纸如云烟（张旭）。"诗如其人，李白的诗，字里行间总是充满着和他本人性格一样的洒脱与豪放，高兴时"仰天大笑出门去"，不知不觉间"轻舟已过万重山"；意气风发时"长风破浪会有时，直挂云帆济沧海"；寂寞时"举杯邀明月，对影成三人"；诗兴大发时又使力士脱靴，贵妃捧砚，御手调羹。晚年皈依佛教，正因为侠、道、佛三种思想交汇出的血液在李白身体里流淌，中国文学史上才有了这样一位才华横溢的伟大诗人。

侠客走江湖

赵客缦胡缨，吴钩霜雪明。

银鞍照白马，飒沓如流星。

十步杀一人，千里不留行。

事了拂衣去，深藏身与名。

闲过信陵饮，脱剑膝前横。

将炙啖朱亥，持觞劝侯嬴。

三杯吐然诺，五岳倒为轻。

眼花耳热后，意气素霓生。

救赵挥金锤，邯郸先震惊。

千秋二壮士，烜赫大梁城。

纵死侠骨香，不惭世上英。

谁能书阁下，白首太玄经。

《侠客行》李白

历来描写侠客的诗词就不胜枚举，"白马饰金羁，连翩西北驰。借问谁家子？幽并游侠儿"（曹植《白马篇》）、"雄发指危冠，猛气冲长缨。饮饯易水上，四座列群英"（陶渊明《咏荆轲》）、"玉剑浮云骑，金鞭明月弓"（卢照邻《结客少年场行》），等等，但最出色的应属这首长诗《侠客行》，作家金庸曾受本诗启发写成同名小说，后来被多次改编成同名电视剧，红极一时。

　　唐朝前期，经过几代帝王的苦心经营，经济、文化、交通都高度发达，到开元时达到鼎盛。各个国家和地区前来朝谒和学习的使臣络绎不绝，各种族的人们在这里交融在同一个世界大都市中，各种思想交流碰撞，由此产生了一个独特的群体——侠客。他们身怀绝技、出手不凡；他们不效忠于政府，不听命于任何人，只听命于自己的本性，行为方式如行云流水；他们以义为本，仗剑在身，行走江湖，路见不平拔刀相助，事了拂衣去，深藏身与名。就是因为这样，统治阶级才对他们采取放任自流的暧昧态度，本诗就是李白为盛唐写就的豪放序言。

　　全诗大意是：赵国的侠客常常戴着没有花纹的粗糙的冠帽，他们佩带的吴钩宝刀刀锋像霜雪一样明亮，银装的马鞍映照着俊秀的白马，奔驰起来像流星一样飞快。他们十步之内就刀斩一人，行走千里不露踪迹，完成任务后拂衣而去，隐藏起身份和姓名。空闲时路过信陵君的府邸，就进去畅饮几杯，卸下剑来横放在膝盖前面，拿起肉请朱亥吃，端起酒杯请侯嬴喝，几杯酒下肚便痛快地做出承诺。他们把承诺看得比五岳都重，酒喝到眼花耳热尽兴时，意气风发，天空出现白色的霓虹。当年救赵国时挥舞金锤，使整个邯郸都感到震惊。朱亥与侯嬴两位千古壮士，在大梁城出了名，纵然死也要闻到侠骨芳香名垂青史。他们真不愧是世上英豪，谁能像杨雄一样一直待在书阁下，头发白了还在写《太玄经》。

李白之后的韩愈在《送董邵南游河北序》中写道"燕赵古称多感慨悲歌之士"，主观上应该是受到李白的影响了。确实，前有豫让、荆轲，后有关羽、武松，让燕赵这片大地蒙上一层豪侠的色彩。他们戴着粗糙的冠巾，随身佩带着霜雪一样明亮的刀剑，十步之内取人首级如探囊取物。

前四句描写了侠客的衣行特征和高超的剑术，以及干净利落却又细心稳重的办事风格。中间四句通过饮酒这个侠客常有的习惯特征贯穿了信陵君与朱亥、侯嬴两位豪侠的故事。信陵君是战国时期著名政治家、军事家，战国四君子之一，素以礼贤下士、慷慨救急闻名。秦国围困赵国都城邯郸，赵国遣使来魏国求救，魏王惧怕秦国不敢出兵，信陵君采纳了门客侯嬴唇亡齿寒的建议，以国家利益为重，设计窃到兵符，朱亥在阵前用金锤杀死了迟疑不决的晋鄙，信陵君遂引军入赵，解了邯郸之危，同时也巩固了魏国的地位。这就是"信陵君窃符救赵"的故事。这个故事从古至今被人们当作典范来学习，诗人通过这个典故高度赞扬了信陵君急人之急的豪爽性格和朱亥、侯嬴有勇有谋的过人胆识，表现出自己希望遇到信陵君这样礼贤下士的明君，定会像朱亥和侯嬴一样报答知遇之恩。后四句依然赞扬二位壮士舍生取义的侠客精神，嘲笑了手无缚鸡之力的儒者如杨雄之流，只知一味钻研学问，他们的人生是呆滞死板的，他们的一生都手捧圣贤书，口诵孔孟义，不敢逾规，毫无激情可言，他们的生活无法与侠客相比。

有一篇名为《行者文化》的文章，里面写道"行者以佛家僧人居多，游侠则无固定职业，相同的是，他们都以游走为乐，性仁义，不拘礼，好结交"，行者和游侠有着相同的行为特征和目的，而古代特别是春秋战国时期最不乏这样的豪侠之士。

李白在仰慕侠客的同时也在学习着他们的豪放意气，这种豪侠的性格始终贯穿着李白的一生，带给了诗人为权贵所迫的灾难，也带去了后世崇高的敬意。

终览众山小

岱宗夫如何？齐鲁青未了。

造化钟神秀，阴阳割昏晓。

荡胸生层云，决眦入归鸟。

会当凌绝顶，一览众山小。

《望岳》杜甫

相对于浪漫主义诗人李白，杜甫则是中国唐代最伟大的现实主义诗人。后人将李白和杜甫两人合称"李杜"，可以说他们的成就占据唐代诗坛半壁江山。杜甫的诗与他的经历密不可分，他一生处于唐朝从极盛急转直下，日渐衰败的时期。亲身经历唐朝从"开元盛世"到"安史之乱"这个痛苦的过程，面对着这哀鸿遍野的大地和流离失所的百姓，所以他的诗总是充斥着

"征夫"与战争的惨状、离别的难舍、从军报国的豪情壮志、歌颂英勇的战士等主题，如代表作"三吏"、"三别"，等等。就像袁行霈先生所说的那样："流响于刚刚过去的年代（开元盛世）中的充满自信、富于浪漫色彩的诗歌情调，到了杜甫这里便戛然而止。在飘零的旅途上，杜甫背负着对于国家和民族命运的沉重责任感，凝视着流血流泪的大地，忠实地描绘出时代的面貌和自己内心的悲哀。"从安史之乱开始，诗歌在杜甫身上又重新回到了描写现实、揭露时代特征的主题。

这首诗作于唐开元年间，他们同游泰山，李白写下了《泰山吟》六首，而杜甫则写下了五律《望岳》、七律《望岳》、长诗《望岳》三首，其中最为出名的莫过于与其《春望》一起被收入语文教材的这首五律《望岳》了。

泰山一直是中华民族的精神图腾之一，它以险著称，为"五岳"之尊。自秦始皇开始，历代皇帝在此处设坛祭祖，举行盛大的封禅大典。泰山也常用于指代伟大的事或责任，史学家司马迁在《报任安书》中写道："人固有一死，或重于泰山，或轻于鸿毛，用之所趋异也。""责任重于泰山"常见于政治家们的口中。现在通用的人民币五元钱背面描绘的就是山东泰山，"五岳独尊"四字清晰可见。

诗人杜甫在登上泰山后发出感慨："岱宗夫如何？齐鲁青

未了。造化钟神秀，阴阳割昏晓。荡胸生层云，决眦入归鸟。会当凌绝顶，一览众山小。"

"岱宗"，泰山也。"造化"者，创造演化、自然界也。大自然钟情于（赋予其）神奇秀美。"阴阳"，常言道山南水北谓之阳，山北水南谓之阴，阴阳所指为泰山之南北两面。"一览众山小"语出孔子"登东山而小鲁，登泰山而小天下"。本诗大意为：泰山的景色如何？齐鲁地区（泛指今山东大部），青色无边。大自然赋予了泰山神奇秀丽，山南与山北被分割成黄昏和晨晓，完全两种景色。看着空中生出的层层云朵，感觉心胸坦荡、心旷神怡，睁大眼睛极目远眺飞鸟归来。我一定会登上泰山之顶，那时别的山都显得多么渺小。

从"钟"、"割"、"荡"、"决"、"会"等字眼儿可看出杜甫作诗，经千锤百炼，字字琢磨，对斟酌字句非常认真。他也自语："为人性僻耽佳句，语不惊人死不休。"第一句通过葱绿无边的景色描写表现出泰山的壮丽。第二句则通过工整的对仗更加具体地说明泰山的神秀。"钟"、"割"二字都是动名词，意思分别是钟于、割开，名词动用对于写景常有意想不到的表达效果，诗人是深谙这种表现方式的。第三句则开始与诗人本身联系起来，写出自身的登山感受。"生"和"入"字在此处的用法又与"钟"、"割"二字如出一辙，连续两句的动名词使用使本诗平添一种豪壮的慷慨之气。最后一句则借泰山表达出诗人的理想与抱负，终有一天"我"会登上五岳之尊，那时别的山都显得多么渺小。诗人出生于官儒世家，祖父是著名政治家、诗人杜审言，杜甫从小就被加上一种步入仕途、光宗耀祖的历史使命，"会当凌绝顶，一览众山小"则表现出诗人的这种的责任感。

杜甫是个多产诗人，传世的诗有一千四百余首，被称为"诗史"。最广为人知的、收入语文教科书的有《蜀相》："丞相祠堂何处寻？锦官城外柏森森。映阶碧草自春色，隔叶黄鹂空好音。三顾频烦天下计，两朝开济老臣心。出师未捷身先死，长使英雄泪满襟"；《登高》："风急天高猿啸哀，渚清沙白鸟飞回。无边落木萧萧下，不尽长江滚滚来。万里悲秋常作客，百年多病独登台。艰难苦恨繁霜鬓，潦倒新停浊酒杯"；《登岳阳楼》："昔闻洞庭水，今上岳阳楼。吴楚东南坼，乾坤日夜浮。亲朋无一字，老病有孤舟。戎马关山北，凭轩涕泗流"；还有《春夜喜雨》、《茅屋为秋风所破歌》等。正是基于中国文学史上现实主义的伟大代表身份，在1962年，杜甫诞生1250周年之际，世界和平理事会把他正式列为世界文化名人之一。

夜射行乐

(其一)

鹫翎金仆姑，燕尾绣蝥弧。

独立扬新令，千营共一呼。

(其二)

林暗草惊风，将军夜引弓。

平明寻白羽，没在石棱中。

(其三)

月黑雁飞高，单于夜遁逃。

欲将轻骑逐，大雪满弓刀。

（其四）

野幕敞琼筵，羌戎贺劳旋。

醉和金甲舞，雷鼓动山川。

（其五）

调箭又呼鹰，俱闻出世能。

奔狐将迸雉，扫尽古丘陵。

（其六）

亭亭七叶贵，荡荡一隅清。

他日题麟阁，唯应独不名。

《塞下曲》（组诗）卢纶

　　一直以来，人们都把边塞诗视为唐朝诗坛一道最为靓丽的风景，同时，唐朝也是盛产边塞诗人的朝代。除著名的"高岑"之外，卢纶是我们不得不提的另一伟大的边塞诗人。卢纶，字允言，大历十才子之一，因曾任检校户部郎中一职而被后世称为"卢户部"，有《卢户部诗集》。卢纶擅长用短小的四句五律来表现出一个简单的故事，代表作为《塞下曲》组诗六首，因语言简练而极具画面感，气势豪放雄伟著称。

其一："鹫翎金仆姑，燕尾绣蝥弧。独立扬新令，千营共一呼。"这首诗描写的是一个将军宣读命令的场景，用鹫鸟的羽毛来装饰弓箭，把军旗刺成燕尾的样子，将军站立在校场宣读新的命令，千营万帐的士卒共同呼应。诗人首先用华丽的景色描写引出将军宣令的事，最后共同的呼应又引发豪情壮志的男儿共鸣，可谓用心独特。

其二："林暗草惊风，将军夜引弓。平明寻白羽，没在石棱中。"这首诗描写一位将军射虎的故事，来源于史学家司马迁所著《史记·李将军列传》中飞将军李广的一次出行奇遇："广出猎，见草中石，以为虎而射之中，中石没镞，视之，石也。"不同的是卢纶没有提到"虎"这个幻觉意象，而是加上了"林暗草惊风"这个事前的气氛渲染，让人刚开始就倍感紧张，而最后一句将紧张的小故事戛然而止，颇为出彩。可以想象，漆黑的夜晚树林里一片黑暗，草突然被风吹动，将军张开弓箭向草动的地方射去，次日天明寻找那个用白色羽毛装饰的箭，却发现箭头已经深深地陷在石头里面。

李广的故事应该还有下文：第二天众人请他再射，却怎么也射不到石头里面去了。科学研究表明：人在极度紧张和恐惧的状态下会爆发出惊人的力量，以至于会做出平时根本不可能做到的事，射石就是一个例子。这首诗语言简洁干练，更重要的是有意识地渲染了紧张的气氛，全诗并没有提虎却有着和司马迁相同的艺术反差效果，而且极具画面感，读来使人眼前出现一幅紧张刺激的将军夜射图。

其三："月黑雁飞高，单于夜遁逃。欲将轻骑逐，大雪满弓刀。"这是一个简单的追敌故事，月黑风高之夜，单于偷偷地逃走了，将军正要率领骑兵追击，一场大雪不期而至，雪花落满了手里的弓箭大刀。

卢纶在文学创作上最善于捕捉形象，从这首诗就可以看出来。他不仅非常善于抓住具有描写对象最具特点的形象，而且还能通过极大的渲染，使其富有艺术效果。这首诗，写的是战争，但诗人不直接写战争进行得如何，也没有说战争的结果，只是描写了在一个黑夜"单于夜遁逃"的场面和"欲将轻骑逐"的情形，有力地把战争的走向和情势烘托了出来。作者通过一句"大雪满弓刀"结束了这个故事，并未交代结果，但这样极具启发性的描述更能引起读者的想象，"言有尽而意无穷"，创作立意真是绝妙。

其四："野幕敞琼筵，羌戎贺劳旋。醉和金甲舞，雷鼓动山川。"这首诗则描写的是将军庆贺凯旋的故事，因为在一场战争中打败了羌戎，将士们在野外设宴，醉酒后着甲擂鼓跳舞，胜利的声音响彻山川，读来气势豪迈，男儿的激情显露无遗。

其五："调箭又呼鹰，俱闻出世能。奔狐将进雉，扫尽古丘陵。"第一句很明显是在描写打猎前的准备，调试弓箭，召唤猎鹰，准备打猎了；第二句则写出打猎者身怀绝技，有出世之能；第三句开始描写狩猎场的情况，惊慌的狐狸和野鸡四处逃窜；第四句写出打猎的结果，横扫了这个古老丘陵上面所有的猎物。写出了打猎人志在横扫、绝世无双的豪迈气概和惊人能力。

其六："亭亭七叶贵，荡荡一隅清。他日题麟阁，唯应独不名。"这首诗是难得的一首咏物诗。描写了七叶草亭亭玉立、伫立清隅的高贵圣洁，后两句表明诗人终有一日高中科举也不以此博名的高尚志向。

卢纶的《塞下曲》共六首，虽未有王维《少年行》那样连贯的故事性，但分别写出发布号令、神力射石、奏凯庆功等故事却也分外出彩。他的立意之妙、情景渲染和言语烘托都无愧于"唐代大历十大才子"的称号。

看尽长安花

昔日龌龊不足夸，今朝放荡思无涯。

春风得意马蹄疾，一日看尽长安花。

《登科后》孟郊

很难想象被后人称为"诗囚"、与诗人贾岛同称"郊寒岛瘦"的唐朝"苦吟"诗人孟郊会作出这么有豪情的诗来。这首诗作于公元 797 年，是年诗人 46 岁，刚刚高中进士。晚年功成名就实乃人生幸事，而诗人也有感于中进士前后心态的巨大变换，于是在感慨之下作出这首颇有意味的《登科后》。

以前处于困境、捉襟见肘的日子现在都不值一提了，如今高中进士，顿感自由自在无拘无束。和煦的春风很适合人的心意，驾驶快马急速奔驰，一天便赏完了长安所有的鲜花。"春风得意"这个成语由此而出，到了现在，用来泛指身处顺境、事业有成时的心情。这首诗也正是诗人在晚年中进士后自以为可以大展宏图，摆脱了"龌龊"的局面，难按欣喜，策马奔腾的写照。

"朝为田舍郎，暮登天子堂"，登科前后发生巨大差异的不仅仅是心情，还有身份。前两句通过中进士前与后从生活和思想上的强烈反差对比来反映诗人的欣喜之情。而这样的心情则来自于"登天子堂"的身份转变。后两句则为融景于情，很好地抒发了高中进士的快意，成为千古名句。每年的进士考试成绩揭晓日期都在春天，中进士者身穿红衣骑马游街，好不快活。《西游记》中就写到唐僧之父陈光蕊高中状元骑马游街之时，又接到当朝宰相殷开山的女儿殷温娇抛的绣球，成就一段才子佳人的故事。人生三大快事"他乡遇故知"、"洞房花烛夜"、"金榜题名时"，陈光蕊占了两个，可谓"春风得意"。而孟郊在春风得意之时连长安的花也觉得一日之内便能赏完了。唐代时长安是世界大都市，各国人民纷纷定居，交通不是很便利，想在一日之内看尽长安的花是不可能的，诗人正是通过这样夸张的手法来表现出一个人的欣喜之情。

这首诗除了抒发高中进士后的喜悦外，还有明显的"自嘲"成分。虽为"自嘲"，但"昔日龌龊"却也写得真实。孟郊早年生活贫困潦倒，屡试不第，遂四处流浪，足迹踏遍两湖两广陕南等地，因此也写下《巫山区》、《游终南山》、《古别离》、《征妇怨》等。这些五言律诗从风格上更多地继承了魏晋诗风，但又与《诗经》的类型相似，语言也是经过专心雕刻，曾因为写不出好诗不出门而被世人称为"诗囚"，金代文学家元好问在其诗《放言》中说"韩非死孤愤，虞卿著穷愁，长沙一湘累，郊岛两诗囚"，说的就是孟郊和贾岛，在追求诗句的雕琢上，诗人与杜甫那种"语不惊人死不休"的态度不约而同。在钻研的方法上，孟郊又与贾岛字字推敲的目的如出一辙，所以诗人与贾岛被同称为"郊寒岛瘦"，用以形容他们苦涩生僻的诗风。

在中进士写下这首《登科后》后，诗人的仕途也不见得一帆风顺。孟郊在任江南溧阳尉后不久便弃官而去。元和（806~820年）初年，孟郊又任河南水陆转运从事，试协律郎，定居于洛阳。在60岁时，因为慈母（使人想起"慈母手中线，游子身上衣"之句）去世，孟郊不得不再次弃官丁母忧。到元和九年(814年)，孟郊走完他艰难的一生。此时他已再无当年之"春风得意"，连死后下葬的钱都没有，最后还是他的好友韩愈等人凑足了100贯钱为他下葬。不知道这是讽刺还是现实，孟郊昔日"暮登天子堂"，"一日看尽长安花"，竟穷困至此，不得不让人感慨。

山形依旧，故垒萧萧

王濬楼船下益州，金陵王气黯然收。

千寻铁锁沉江底，一片降幡出石头。

人世几回伤往事，山形依旧枕寒流。

今逢四海为家日，故垒萧萧芦荻秋。

《西塞山怀古》刘禹锡

西塞山位于今湖北黄石市，国家 3A 级旅游景区。说起关于西塞山的诗词人们首先想起的是那首唐朝词人张志和的《渔歌子》："西塞山前白鹭飞，桃花流水鳜鱼肥，青箬笠，绿蓑衣，斜风细雨不须归。"这首诗因其唯美意境入选小学语文教科书，但是，很少有人知道刘禹锡于公元 824 年被贬为江州刺史时写的这首怀古诗《西塞山怀古》。

王濬是西晋时期著名军事家，官至龙骧将军、监梁益诸军事，晋咸宁五年（279年）冬，晋举全国之兵伐吴，晋将王濬、唐彬浮江东下，在西塞山与吴军发生遭遇战，击溃孙权时期建立的铁锁横江防线，后直捣建业，吴王孙皓请降，吴国灭亡，三国分立局面终结。现在西塞山还有当年的"铁锁横江"遗迹。楼船是一种豪华的大型战船，陆游有诗曰："楼船夜雪瓜洲渡，铁马秋风大散关。"就是描写南宋大将刘锜等乘着高大的楼船在雪夜里大破金兵于瓜州渡口的故事。金陵是今南京，又名石头城，唐人许嵩著《建康实录》记载："楚之金陵，今石头城是也，或云地接华阳金坛之陵，故号金陵。"东汉末年称建业，是吴国都城、政治中心。

全诗大意为：王濬的楼船大军一到益州，金陵的王者之气便黯然失色收敛起来了，绵延千里的铁锁防线沉入江底，建业城里升起了一片投降的旗帜，多少次朝代更替，往事如烟，西塞山还是在寒秋中的江流边屹立，今日终于遇见四海统一的日子，看前朝的故垒遗迹仿佛萧萧秋风中的一片芦荻。

本诗的前四句写的就是东吴灭亡的这个故事。当时东吴陆抗已死，朝中无大将，气数已尽，早已是西晋囊中之物了。因此"王濬楼船下益州"只是时间问题了，第一句描写的就是这个史事。第二句描写的是这场战争的结果，以吴国固若金汤的铁锁沉入江底，吴国投降结束。在第三句笔锋一转开始抒怀，感叹时光飞逝，政权更替，西塞山依然屹立不倒，见证着一切发生在这片土地上的钩心斗角、遍野哀鸿。最后一句，诗人虽处统一之国，但已然看见了帝国开始显露的危机，居安思危，感慨自己身处的唐帝国最终也要像东吴一样，变成萧萧秋风中的一片芦荻。

清朝张谦宜在诗评《絸斋诗谈》中评价这首诗："太平既久，向之霸业雄心消磨已净。此方是怀古胜场。"一言以蔽这首苍凉、沉郁风格佳作的创作背景。史之乱后，唐朝当政者虽做了一定的努力，可藩镇割据的局面仍是难以消除，给统一的王朝带来巨大的威胁。刘禹锡的这首怀古诗就是在这种形势下而作。

在写作上，刘禹锡通过写景和谈及历史，将史、景、情高度地统一了起来，使得情融入景，景反衬史，给人沉闷顿挫的感觉。难怪元好问所编《唐诗鼓吹笺注》中评此诗："首联一雄壮一惨淡，后四句于衰飒中见其高雅自然，于感慨中见壮丽，为'唐人怀古之绝唱'。"

人们都说"彭城刘梦得，诗豪者也"，甚至将刘梦得称为"诗豪"。可像这《西塞山怀古》豪放表象下的悲凉，谁看得出来？唐王朝的当政者看见这首诗，也未必明白这怀古中对国家兴亡的借鉴意义。他们"只缘一曲《后庭花》"而致"秦人无暇自哀而后人哀之，后人哀之而不鉴之，亦使后人复哀后人也"！

别情萋萋

离离原上草，一岁一枯荣。

野火烧不尽，春风吹又生。

远芳侵古道，晴翠接荒城。

又送王孙去，萋萋满别情。

《赋得古原草送别》 白居易

提起白居易，不免让人想到他那典型的、通俗易懂的诗风和广泛的写作题材，诸如有《长恨歌》、《卖炭翁》、《琵琶行》等经典长诗。其实，除了长诗外，白居易还善于作词，曾创词牌名《忆江南》（其一）："江南好，风景旧曾谙。日出江花红胜火，春来江水绿如蓝。能不忆江南？"情诗小令《花非花》："花非花，雾非雾。夜半来，天明去。来如春梦几多时？去似朝云无觅处"为世人广为传诵。后世给予白居易很高的赞誉，有"诗仙"、"诗魔"和"诗王"之称，日本文学界则称白居易为"诗神"。

据宋人尤袤《全唐诗话》记载："尚书白居易应举，初至京，以诗谒著作顾况。况睹姓名，熟视白公曰：'米价方贵，居亦弗易。'乃披卷，首篇曰：'离离原上草，一岁一枯荣。野火烧不尽，春风吹又生。'却嗟赏曰：'道得个语，居即易矣。'因为之延誉，声名大振。"这首被名士顾况津津称道的诗就是《赋得古原草送别》，与其说是咏草诗、离别诗，不如直接说这是一首对生命的赞歌。

诗中的"草"这个意象与茅盾《白杨礼赞》中的"白杨"、张晓风《行道树》中的"树"性质是一样的，都是一种顽强的存在于逆境中的生命的象征。高原上的青草浓密茂盛，每一年都经历一次枯萎一次繁荣，野火也无法把它们全部烧毁，春风一吹又生出一片，青翠的绿草远远蔓延到了古老的道路和荒芜的城镇里，又一次要送走朋友，这一片茂密的青草代表了我的不舍之情。

在兵荒马乱的不安年代，草无疑是最具有生命力的，它们需要的只是一次沐浴春风，诗人用这种顽强的、永不消失的事物代表自己对友人的依依不舍，显然比折柳更加具有说服力。诗的前两句因为成功地描述了"古原草"的顽强生命力而被选入小学语文教材。前两句是纯叙事性的陈述，道出草的茂盛强大，第三句依然从加入外景的渲染来做进一步映衬，"古道"和"荒城"都是象征性的存在，主要作用是反衬草的生命力之强、蔓延程度之远。最后一句说出重点，惋惜好友即将离去，用凄凄青草代表自己的依依不舍。

《赋得古原草送别》全篇用非常自然的言语，工整地写出了对野草细致入微的观察。不但饱含真情，而且别具一格，是"文章合为时而著，歌诗合为事而作"风格的佳作。正因对"文章合为时而著，歌诗合为事而作"为特点的"新乐府运动"的倡导和杰出的现实主义作品，唐宣宗曾作诗评价白居易："缀玉联珠六十年，谁教冥路作诗仙？浮云不系名居易，造化无为字乐天。童子解吟长恨曲，胡儿能唱琵琶篇。文章已满行人耳，一度思卿一怆然。"可以看出唐朝的皇帝把这位杰出的诗人称为"诗仙"，而李白的"诗仙"称号实际是清代学者对其的评价。

纵观"诗仙"白居易的诗歌著作，其实五言律诗并不常见。这首《赋得古原草送别》只是他在 16 岁时的应试之作，"赋得"是科考诗题前面必加的字。诗人主观上没有创作五律的意向，五言诗创作主体以长诗居多，如《观刈麦》等。七言绝句以《暮江吟》："一道残阳铺水中，半江瑟瑟半江红。可怜九月初三夜，露似真珠月似弓"为代表，亦属罕见。

诗人最多的创作是七言长诗，《长恨歌》以其描写李隆基与杨玉环之间凄美的爱情故事而闻名。李隆基与杨玉环的爱情历来饱受史学家病诟，很多人认为是杨玉环这个红颜祸水葬送了唐朝的盛世，而白居易则将他们的爱情上升到艺术高度，他描绘的只是两个实实在在有血有肉的普通人之间婉转动人的爱情故事。但是皇帝这个身份给李隆基带来无上权力的同时，也成了他们爱情路上的绊脚石，最终他只能眼睁睁看着杨玉环惨死马嵬坡。白居易以独特的艺术渲染力将李杨的爱情娓娓诉说，感人至深。《琵琶行》作于白居易受冤被贬为江州刺史的第二年（816年），这个闲散的职务深深地刺激了白居易的自尊，导致白居易整日郁郁不乐。在一次送客到浔阳江头的时候，白居易听到了婉转凄凉的琵琶声，这沉闷的声音引起诗人的强烈共鸣，白居易和友人请琵琶女弹奏一曲，听完后创作了这首著名的古诗，缔造了"犹抱琵琶半遮面"、"大珠小珠落玉盘"、"此时无声胜有声"、"同是天涯沦落人，相逢何必曾相识"等千古名句。诗中赞扬了琵琶女高超的演奏技巧和熟练程度，充满戏剧性地描述了琵琶女凄惨的遭遇，又在诗尾联系自己在江州的抑郁经历，感慨"同是天涯沦落人"，"相逢何必曾相识"，抒发自己苦闷的心情。读到这些佳作，便知道白居易"诗仙"、"诗魔"、"诗王"、"诗神"的称号并非浪得虚名、毫不过分。

报国无门

男儿何不带吴钩，收取关山五十州。

请君暂上凌烟阁，若个书生万户侯？

《南园十三首》（其五）李贺

李贺是中唐最有才华的文人之一，中唐浪漫主义的代表，被人称为"鬼才"、"诗鬼"。虽然在诗歌创作上的高度与李白齐名，但只有李贺把苦闷抑郁的一生毫无保留地奉献给了他热爱的文学。中国文学史给予了李贺与李白、李商隐三人并称"唐代三李"的荣誉，可惜李贺因病死于雄姿英发的 27 岁。碰巧的是初唐才子王勃的绝世光华也只闪耀了 27 年。两人少年时都被人称为神童，年未及弱冠，诗名遍天下，可惜天妒英才，不得不说这是唐朝诗坛乃至中国文学史上的一大遗憾，就像是一个人偶然打碎了两个非常名贵的瓷器，可谓痛心疾首！

李贺七岁就能作诗，韩愈等非常知名的诗人在看了他现场作出的《高轩过》后大为惊讶，从此李贺开始在诗坛崭露头角。《新唐书》记载李贺："每旦日出，骑弱马，从小奚奴，背古锦囊，遇所得，书投囊中。未始先立题然后为诗，如他人牵合程课者。及暮归，足成之。非大醉吊丧日率如此，过亦不甚省。母使婢探囊中，见所书多，即怒曰：'是儿要呕出心乃已耳。'"韩愈曾用一首《归彭城》来描述李贺："刳肝以为纸，沥血以书辞。"从此，"呕心沥血"一词就专属于像李贺这样费尽心思精心创作的人了。

李贺的代表作有《李凭箜篌引》、《雁门太守行》等，但要论他的豪放诗，我们就不得不提《南园十三首》中的第五首："男儿何不带吴钩，收取关山五十州。请君暂上凌烟阁，若个书生万户侯？"

这首诗作于诗人早年时期，那时候他对未来充满自信，渴望一展宏图，做个成功人士。诗中写道：男子汉为何不带着宝剑收复被敌人占据的关山五十州？请你们看看唐太宗时期的凌烟阁二十四功臣，有哪一个是书生出身的呢？

这首诗由两个反问组成，与李贺一贯的鬼才风格相比，这首诗更多的是男儿渴望建功的豪情壮志，第一个反问颇有自嘲的味道，问别人的同时也是在问自己，为什么不仗剑收关，任凭匈戎扰民掠地？"吴钩"最常见于古诗，无数文人武将用这一意象来表达手执长剑慷慨赴国的豪情。关山，古称陇山，在今甘肃省天水市张家川回族自治县境，有《木兰辞》"万里赴戎机，关山度若飞"、王勃"关山难越，谁悲失路之人"、杜甫"戎马关山北，凭轩涕泗流"等名句。"安史之乱"结束后，唐朝一蹶不振，再也没有"开元盛世"时期那种万国来朝的自豪感了，军阀们手握重兵割据一方，将长安的权力中心逐渐分散，皇帝再也控制不了这些节度使了，唐朝陷入行将灭亡的危机，此时的李贺渴望用武力助皇帝夺回权力，使唐朝重归正统，侧面则反映出诗人自己仕途不顺，报国无门的苦恼与无奈。

凌烟阁原来只是皇宫内三清殿旁的一个小阁楼，后来唐太宗李世民为纪念当初一起跟随他平天下的功臣，命大画家阎立本在凌烟阁内描绘了 24 位功臣的图像，并让褚遂良题字，常常前去怀念故人。凌烟阁上的功臣大多是武将，出身草莽，目不识丁，但都有杰出的军事才能，征战沙场常常百战百胜，如从瓦岗寨走出的秦琼、程咬金，打铁出身的尉迟恭等，李贺此诗的第二句借凌烟阁来表述，想要博取功名不一定非要读圣贤书，参加科举以取仕，只要身怀兼济天下的雄心，从军入伍上阵杀敌也是一条宽敞路。

李贺的《南园》组诗，有 13 首，大多描写的是南园中景物或借景抒情，但这首诗却直抒胸臆，在万丈豪情中表达出对理想的追求。难怪人们说："太白仙才，长吉（李贺）鬼才。"这一神鬼莫测的创作，的确不多见。李贺生活在中唐到晚唐时代，所以他所处的诗坛也使得他成为唐朝诗风转变的重要亲历者、见证者。因为政局混乱和壮志难酬，李贺的诗大多都是揭露时弊和满腔愤愤之音。但他在诗歌创作上认真严肃，融入巨大心血，故形成了想象奇异、飘逸、华丽的独特诗风。这样，他得以在同时代的诗歌集大成者之外开辟另一番天地，影响了晚唐诗歌的创作。

千古风流人物，铁马冰河

不寐

塞下秋来风景异，衡阳雁去无留意。

四面边声连角起。

千嶂里，长烟落日孤城闭。

浊酒一杯家万里，燕然未勒归无计，羌管悠悠霜满地。

人不寐，将军白发征夫泪。

《渔家傲》范仲淹

从某种意义上说，北宋的豪放词始于范仲淹。

晚唐到五代时期，在诗坛上充当"主角"的是花间派诗词。花间诗词以旅愁闺怨、离合悲欢为主要内容，极尽美艳，但总缺少些文人士大夫的豪情。北宋开始，由于对士大夫采取优厚的政策，文人的待遇大大提高，他们的创作内容也开始涉及生活的诸多方面。到范仲淹，宋豪放风格的诗词才真正成为文人创作的一种自觉倾向。特别是《渔家傲·塞下秋来风景异》，对军旅生活和边塞生活的描写，慷慨而悲凉，引领一时之风。

北宋建国后，由于体制和其他原因，产生了积贫积弱的现象，这种现象也直接影响到军事领域。宋仁宗宝元元年（1038年），元昊在西夏称帝，开始连年侵扰宋夏边境。由于执政者重文抑武的战略决策，北宋边关空虚，被夏连战连夺数城。宝元三年（1040年），范仲淹被朝廷从越州改任到陕西经略副使兼知延州。到任后，看到战火焚毁的边关和士兵士气的低落，作者不禁感触良多，写下了《渔家傲》。

宋人魏泰在《东轩笔录》中记载："范文正公守边日，作《渔家傲》乐歌数阕，皆以'塞下秋来'为首句，颇述边镇之劳苦，欧阳公尝呼为穷塞主之词。"可见《渔家傲》是组词，但由于各种原因，现存的仅有这一首《渔家傲·塞下秋来风景异》，被欧阳修誉为"穷塞主之词"。

词的上片，"塞下秋来风景异，衡阳雁去无留意"二句，通过边塞风景的总体定格和大雁的离去让人明显感觉到一股凄凉之情。紧接着写出边关多急报，而在傍晚的急报中，处在山峰间的边关禁闭城门。作者通过"异"、"雁去"、"落日"、"孤城"等特有的字眼儿，虽然是在写景，但传达出悲凉的信息。一个"异"字，点出边塞不同于其他地方的风景，而北雁南飞，并无留意，更是营造出一种离愁。"落日"、"孤城"一出，加上紧闭的城门，一幅荒凉边境图就这样勾勒出来了。而这幅图中千嶂、落日、孤城等都是静，边声、号角则是动，这样动静结合，更加立体地展现了战地边塞的奇异风景。

词的下片，主要抒情。通过描写边关将士未能击退敌军，不能归家，因此只能用"浊酒一杯"来抚慰对家乡的思念。而到了晚上，有人禁不住用羌管吹起家乡的悠扬曲子，惹得将士思乡之情再起，不能入睡，将军为此白了头发，士兵则洒下热泪。这段主要则是用"燕然未勒"和"羌管悠悠"的矛盾来表达边关将士们内心的苦楚。据史籍载，东汉将领窦宪等人将匈奴赶到达和渠北醍海，俘获敌人不计其数。大胜后，窦宪等人并登上燕然山，班固在此刻石记功，就是所谓"勒石燕然"。范仲淹用"勒石燕然"的典故，说明敌人未灭，将士们的使命还没完成，因此不能归家。但长期边关单调的生活和四处弥漫的悠悠羌管之声，不由得将人们带入思乡情绪，既写壮志难酬，又抒发忧国情怀。

总体来看，这首词动静结合、情景交融、气势磅礴、情调悲怆，在艺术性上达到一个全新的高度。作者以边塞的风景为依托，用豪迈的话语，诉说出边关将士欲建立功业的心情和对家乡的思念。范仲淹用他亲身的军旅经历首创边塞词，真实、感人，一扫晚唐五代以来花间派柔靡的词风，为北宋的豪放词开辟了道路。

在思想内容上，对这首词表现出的苍凉雄劲，后人看法不一。明文学家瞿佑在《归田诗话》中说："以总帅出此语，宜乎士气不振而无成功。"认为范仲淹作为一个主帅，写出这样悲凉的调子，有损士气。而如果有人注意范仲淹在《岳阳楼记》里表明的"先天下之忧而忧"的话，就会理解，这是范仲淹先觉意识的体现。他到边境后，目睹守备空虚，露出不祥的预感，这正是"先天下之忧而忧"，对朝廷重内轻外，积贫积弱现状的警示。他以这样的"人不寐"来表达出对宋王朝内政外交政策的不满，本质上是爱国豪情的体现。

目睹边关惨状和百姓的困苦后，范仲淹和一些开明之士提出明黜陟、精贡举、均公田、厚农桑、修武备、减徭役等十项改革主张并在宋仁宗的支持下开始施行，史称"庆历新政"。但仅一年零四个月，庆历新政就因既得利益者的阻挠而失败，范仲淹和韩琦、欧阳修等一批改革者也被排挤出朝廷。以后虽有王安石变法，但也以失败告终，北宋政权仅仅存在一百六十多年，就被金所灭。

醉翁

平山栏槛倚晴空，山色有无中。

手种堂前垂柳，别来几度春风？

文章太守，挥毫万字，一饮千钟。

行乐直须年少，尊前看取衰翁。

《朝中措·平山堂》欧阳修

这是一首特别的赠友人词。

宋仁宗庆历八年（1048 年），"醉翁"欧阳修出任扬州太守。当政期间，欧阳修在扬州的蜀岗上修建了一座"平山堂"，用来游玩赏景。据说，站在"平山堂"，不但可以鸟瞰江南数百里锦绣河山，而且连真、润二州，甚至金陵的景色都可若隐若现地窥探，可见其高。"平山堂"建成后，每当夏季，欧阳修便与好友数人常到堂中边观景便饮酒作诗，颇为自得。宋词人叶梦得在《避暑录话》中载："欧阳文忠公在扬州作平山堂，壮丽为淮南第一，上据蜀冈，下临江南数百里，真、润、金陵三州，隐隐若可见。公每暑时，辄凌晨携客往游。"几年后，欧阳修调离扬州，巧的是，他的密友刘敞则被任命为新任扬州太守。欧阳修在好友的践行宴会上作了这首词，送给刘敞。

词的开篇，是对"平山堂"景色的描写，堪称写景之佳句。"平山堂"的栏槛"倚着"晴朗的天空，给人广阔之感。而站在山上远望，远处景色若有若无。宋人王象之的《舆地纪胜》记载："负（平山）堂而望，江南诸山，拱列檐下。"诗人应该是站在山上，眺望远处的真、润、金陵三州，所以看起来若隐若现。"山色有无中"虽出自"诗佛"王摩诘的《汉江临泛》，但用到这里，却丝丝入扣，为文章添了一种深远的意境。

关于"手种堂前垂柳，别来几度春风"，张邦基在《墨庄漫录》中说："平山堂前，欧阳文忠公手植柳一株，谓之'欧公柳'。"可见这个"堂前垂柳"正是这株"欧公柳"。诗人通过对亲自所植柳树的发问，指明自己已经离开扬州"几度"。作者通过垂柳来写自己的离别，婉而不柔，颇为自然。特别是"几度春风"四个字的运用，给人以向上、有情调的感觉。

第三句写的是作者自己。欧阳修是著名的文学家，位列"唐宋八大家"之一，文章更是有很多经典之作，加上先后出任多州太守，因此以"文章太守"自嘲。这句写出自己在文学创作时，饮着美酒，下笔就是万字，来表现一个为人豪迈、才华横溢的文学家形象。

最后一句，"行乐直须年少"和李太白的"人生得意须尽欢"有异曲同工之妙。这里，"衰翁"是作者自嘲，因为这个时候他已经五十多岁了。在这一句，作者先是劝友人，及时行乐，后是埋汰自己是个"糟老头"，感慨时光流逝，一股悲凉之情不由得流露出来。

"平山堂"是欧阳修在扬州任上的一大杰作。他在这里举酒属客、畅谈政论、荟萃人杰，为扬州的文化发展做出不小的贡献。但是，必须指出的是欧阳修到扬州时，他的政治生命也已遭几番曲折。由于支持范仲淹等人主持的"庆历新政"，他被排挤出朝廷，先后任滁州、扬州、颖州等地官员。在滁州任上，他写出《醉翁亭记》，字号"醉翁"，表面看来，是在对滁州治理有方后的自我褒奖。但他的"醉"则来自对昏暗政治的强烈不满，"醉"的表象下是忧虑和苦闷。送友赴扬州时，他又作《朝中措·平山堂》，虽然写到景色之美，气势之豪迈，但用"衰翁"来自嘲，也是对宦海曲折后身心焦虑情形的真实表达。实质还是对壮志难酬情绪的一种变相宣泄。所幸的是，作者终于知道"行乐直须年少"，也用"醉翁"来改变自己，笑对人生各种曲折，这份豁达也是非常难得的。

欧阳修在北宋词坛上占有非常重要的位置。他创作的多数诗词，都是离愁别绪、观花恋春类的柔和词句。但这首词，却借景抒情，表现出诗人豪迈的胸襟和豁达的性格。这样，这首词在艺术创作上突破缠绵哀怨的词风，豪迈的风格对后来的苏轼等人有了较大的影响，进而影响到整个豪放派词的发展，这是一大贡献。

只在笑谈中

伊吕两衰翁，历遍穷通。

一为钓叟一耕佣。

若使当时身不遇，老了英雄。

汤武偶相逢，风虎云龙。

兴王只在谈笑中。

直至如今千载后，谁与争功！

《浪淘沙令》王安石

伟大人物和普通人的差别，有时往往是一个机遇。谁会想到，助秦穆公称霸一方的贤臣百里奚，是当初被人从楚国的牛棚里用五张羊皮换出来的；谁又能想到，挂六国相印的苏秦，在被重用前，是个让至亲之人嫌弃的穷书生；又有谁知道，

"战必胜，攻必取"的韩信，当初在街边尴尬地被羞辱。

相传，被孟子称为"圣之任者也"的伊尹，在被商汤任用前，是个耕于有莘之野的农夫，是在被商汤重用后，才帮助汤一举灭夏建立新的商王朝。吕尚（姜太公）在遇到周文王之前，也不过是个"齐之逐夫，朝歌之废屠"而已，任他满腹才华，却只能在六十多岁时垂钓在渭水边上。假使伊尹没有遇见商汤，吕尚没被文王寻访到，那么，只能一个是躬耕在田的"耕佣"，一个是垂钓在漫漫渭水之畔的"钓叟"，很可能至此老死。他们的大起大落，历经穷困和变通，是时势造英雄的结果吗？

汤和武王在任用了伊尹、吕尚后，风云突变，商、周王朝的兴衰都只在笑谈中了。千百年过去了，有人能比得上这二人的功劳吗？这又是英雄造时势吗？

不管是"时势造英雄"还是"英雄造时势"，不可否认的，伊尹、吕尚二人从普通的贩夫走卒走向伟人圣贤，都是机遇恰当，并且他们善于抓住这样的机遇，不仅为国君开辟新的王朝，而且助后来国君很好地守业，后人提到圣贤必不离伊尹、吕尚。而后来到王介甫是否也能和这二位相媲美呢？

列宁曾称赞王安石（字介甫）为"中国十一世纪的改革家"，事实也大抵如此。

宋仁宗嘉祐三年（1058年），还是度支判官的王安石向仁宗皇帝上了封"万言书"（即《上仁宗皇帝言事书》），对当时的政治腐败的各种现状做了毫不留情的揭露，请求皇帝对开国以来的各种政治、军事制度进行变革，并提出"收天下之财，以供天下之费"的方法来扭转国力的积贫积弱，但未获朝廷重视。从此之后，他的政途也发生了一些不顺，在嘉祐八年（1063年），王安石终以为母亲守丧为由辞官回江宁老家。过了一段时间，即位的宋英宗屡次召见王安石，他却以守丧为由拒绝。但他并未因此而放弃改革的想法，也在等待时机。

治平四年（1067年）正月，宋神宗即位。抱负远大的神宗皇帝越来越感受到宋王朝面临政治、经济和军事上的重重困难，看到王安石的《万言书》后，被他的决心和才干打动。

熙宁元年（1068年），宋神宗召王安石共商变法大计，史称"越次入对"。熙宁二年（1069年），神宗任命王安石为任参知政事，以"天命不足畏，人言不足恤，祖宗不足法"的超人气魄全权主持变法相关事宜，轰轰烈烈的"熙丰变法"（后人称为"王安石变法"）开始了。

这首词约作于"熙丰变法"施行，并小有成绩的时候。王安石通过这首词，把神宗皇帝对自己的支持和汤与伊尹、武王与吕尚相比，称之为"风虎云龙"。通过这首词，作者一方面为自己有着和伊尹、吕尚同样的机遇和明君而得意庆幸；另一方面，也是对自己推行的变法运动更大的肯定与鼓舞，直言"直至如今千载后，谁与争功！"

这首词虽然是怀古咏史类作品，但被欧阳修称为"翰林风月三千首，吏部文章二百年"的文学家王安石以一个政治家的亲身经历，和饱满的真情来咏叹古之贤者，同样也是自比，这样的乐观豁达是一般作品所不具备的。

可惜的是，到熙宁九年（1076 年），由于王安石性格原因、用人不当和变法措施中的一些缺陷及强大的外部阻挠，变法运动最终失败。但正如黄仁宇先生所说，王安石的变法思想，"是人类思想反抗的文明成果，正是这些成果，使人类有了摆脱野蛮统治的可能和方向"。

那么，王安石的命运是时势所造吗？是的。他的引领的活动也改变着"时势"吗？答案也是肯定的。所以说，要"风虎云龙"不仅仅需要抓住时机，还需要"历遍穷通"培养才干，这也是给我们后人的提示。

五狂

老夫聊发少年狂，左牵黄，右擎苍。

锦帽貂裘，千骑卷平冈。

为报倾城随太守，亲射虎，看孙郎。

酒酣胸胆尚开张。鬓微霜，又何妨？

持节云中，何日遣冯唐？

会挽雕弓如满月，西北望，射天狼。

《江城子·密州出猎》苏轼

王国维在《人间词话》中提到："苏辛，词中之狂。白石犹不失为狷。若梦窗、梅溪、玉固、草窗、西麓辈，面目不同，同归于乡愿而已。"苏词之狂，从这首《江城子·密州出猎》便可窥其七八分。

宋神宗熙宁四年（1071年），苏轼看到王安石变法过程中的一些弊端，对变法提出了反对意见，而被贬到杭州做通判。熙宁七年（1074年），苏轼被改任为密州知州。熙宁八年（1075年），苏轼去祭祀常山，在回来的路上和同官梅户曹在铁沟"习射放鹰作"，写了《和梅户曹会猎铁沟》、《祭常山回小猎》和这首《江城子·密州出猎》等词。

上片叙事。开篇竟以"老夫"自居，要知道此时的苏轼还不满40岁，这是一狂，狂在自嘲。左手牵着大黄猛犬，右手有苍鹰作伴，穿戴锦帽貂裘，带着大队骑兵席卷平冈。这是二狂，狂在气势。亲射猛虎，是三狂，狂在胆识。据《三国志》记载，孙权曾经"亲乘马射虎于废亭"。作者将自己与孙权做比，一是说明自己有着和孙仲谋一样的胆识，二是说明自己将创出万事功业的壮志雄心。

下片抒情。狩猎前喝酒，这是作者第四狂，狂在无忌。酒喝干，胆量大增，尽管鬓角有些白发，但这丝毫不影响他的性情。这是第五狂，狂在不顾。突然，作者话锋一转，提到了汉初大臣冯唐。"初唐四杰"之一的王勃在其名作《滕王阁序》中也提到冯唐："时运不齐，命途多舛。冯唐易老，李广难封。"汉武帝刚即位时，向天下征集贤良的人才，很多人都举荐冯唐，可是这时冯唐已经九十多岁了。所以，后人多用冯唐来表达壮志难酬，岁月不饶人。而作者在此直呼："何日遣冯唐？"既有壮志难酬之感慨，又有对朝廷的质问，这是其第六狂。最后一句，作者写自己奋力挽弓，朝向西北，寻射天狼，直接表达自己坚定的爱国决心和希望得到皇帝重用的期盼，此第七狂也。"西北"和"天狼"这里代指对宋边境造成极大威胁的西夏和辽，作者自感虽然鬓发虽白，但仍希望皇帝能像汉文帝重用冯唐那样，让自己赴边疆抗敌，这份壮志不能不令人钦佩。这也正和《滕王阁序》里千古名句"老当益壮，宁移白首之心？穷且益坚，不坠青云之志"，有异曲同工之妙。

虽说豪放派词在北宋始于范仲淹等一批文人，但真正代表豪放派词创作巅峰的，正是苏轼。而这首《江城子·密州出猎》正是苏轼豪放词的经典之作。为何这个屡遭贬谪、仕途坎坷的苏轼会是豪放派的代表人物而不是其他人呢？

北宋学者胡寅在《酒边词序》中说苏轼的词"使人登高望远，举首高歌，而逸怀浩气超乎尘埃之外"。这个政治生活如此灰暗的文人为何能作出"逸怀浩气超乎尘埃之外"的诗文？这正是苏轼和他人的不同！

虽然在政治上极为失意，但苏轼有着宽阔的胸襟，性格积极乐观，所以能有豪放、旷达的目光，在写文章时，真性情流露出来，使人读来具有强大的感染力。如王国维所说："大家之作，其言情也必沁人心脾，其写景也必豁人耳目。其辞脱口而出，无矫揉妆束之态。以其所见者真，所知者深也。诗词皆然。持此以衡古今之作者，可无大误也。"苏轼在逆境中保持乐观的心态，所以他看到景物，称颂之词脱口而出，其人狂、其言明、其情真、其比妙，故能撑豪放派之领袖。

《江城子·密州出猎》后，苏轼又先后创作《水调歌头·中秋》、《念奴娇·赤壁怀古》等经典词篇，一举奠定了他的文坛地位。这些词问世的意义重大，不仅打破北宋词坛浅斟低唱的柔媚之风，更是自成一家，使得豪放风格的词真正走上词坛，开辟了一番新天地，对南宋词坛乃至后世诗词的创作产生了深远的影响。苏轼后来写给朋友的信中也说道："近却颇作小词，虽无柳七郎风味，亦自成一家。呵呵！数日前猎于郊外，所获颇多。昨得一阕，令东州壮士抵掌顿足而歌之，吹笛击鼓以为节，颇壮观也。"诗人说到自己的词会自成一家，但他或许没料到的是，他正在由这首词开始引领一个时代！

古难全

丙辰中秋，欢饮达旦，大醉，作此篇，兼怀子由。

明月几时有？把酒问青天。

不知天上宫阙，今夕是何年。

我欲乘风归去，又恐琼楼玉宇，高处不胜寒。

起舞弄清影，何似在人间。

转朱阁，低绮户，照无眠。

不应有恨，何事长向别时圆？

人有悲欢离合，月有阴晴圆缺，此事古难全。

但愿人长久，千里共婵娟。

《水调歌头·明月几时有》苏轼

你可知，夜空中的一轮明月有多少寓意？

从远古神话中的"嫦娥奔月"到《诗经》中的"月出皎兮，佼人僚兮"，再到"月是故乡明"、"江畔何人初见月，江月何年初照人"，不变的明月被一代又一代的迁客骚人赋予了多少不同的内涵。

明月无情人有情，正是因为如此，不变的明月在我们的笔下、眼中、心中有了各种变化。只是，古往今来，月亮唯有与中秋放在一起才更有意象。而古往今来，写明月的文人多，能达到"前人咏月诗词几可尽废，尚无后人可与比美"程度的，非苏轼莫属。

这首词，上片从"明月几时有"的疑问开始，颇有李太白"青天有月来几时？我今停杯一问之"的气概。这样，酒、明月、诗人、夜空构成了一幅揽月图。我们可以想象，在中秋之夜，诗人与好友在月下边小酌，"诵明月之诗，歌窈窕之章"，这是何等美事。接着二句"不知天上宫阙，今夕是何年"，又把读者带入天宫。传说"天上一日，地上一年"，不知道现在天上是何年代，他们是否也和我们一样，有这样的闲情逸致？

诗人非常想了解天宫的状况，"欲乘风归去"，但考虑到"高处不胜寒"、天宫中的"琼楼玉宇"，一时矛盾了起来。最终诗人在"携飞仙以遨游，抱明月而长终"和"高处不胜寒"之间选择了留在人间。因为他发现，**趁着月光翩翩起舞，也不比高高在上的月宫差**。

在这里，后有学者认为，苏轼的"高处不胜寒"和"起舞弄清影"是政治隐喻。据南宋学者杨曼倩的《古今词话》记载："神宗读'琼楼玉宇，高处不胜寒'，乃叹曰：'苏轼终是爱君。'既量移汝州。"由此观之，"高处不胜寒"正是苏轼对朝廷高位为官有巨大政治风险的隐喻，而"起舞弄清影"，表明他有意在离高位远的地方做出清廉政绩。当然，这些都是人们的揣测而已。

词的下片继续由月光展开联想。这皎洁的月光，轻轻掠过朱红色的高楼，又静静地穿过屋内华美的窗槛，直直地照到了房间里无眠之人。作者"转朱阁，低绮户，照无眠"句的描写，可谓绝妙至极！不但从空间的移动上写到月光的轨迹，而且从"朱阁"、"绮户"、"无眠"间（从景到人）的过度上也堪称恰到好处。如果没有细致入微的洞察力和神来之笔，谁会写出这样自然而又奇特的语言来？

人为什么无眠？这是因为中秋是个团圆之夜，而很多人却"独在异乡为异客"，不能和家人团聚。对这些人，也包括自己的弟弟子由（苏辙），作者告诫：不能因为月亮总是在人们不能团聚时"团圆"而怨恨她。因为，月亮有她阴时不现、晴时皎洁、每月有圆有缺的特点，而人何尝不是要经历无奈的悲欢离合呢？这种事情自古以来都有，无法完美。这番哲理性的宽慰看似像说给弟弟子由，其实也是说给读者，说给作者自己的。

既然无法避免人间的"悲欢离合"和月的"阴晴圆缺"，那么我们何不许愿，但愿亲人们聚多分少，"隔千里兮共明月"、"天涯若比邻"呢？

《水调歌头》无疑是苏轼最经典的代表作之一。这首词奇特的联想，细致的描写和旷远的胸怀，给我们缔造出一幅完美的乐章。北宋学者胡仔在《苕溪渔隐丛话》中说："中秋词自东坡《水调歌头》一出，余词尽废。"

王国维在《人间词话》中写道："词以境界为最上。有境界则自成高格，自有名句。五代北宋之词所以独绝者在此。"而这首词的境界，合乎自然，超凡脱俗，不但是怀念亲人的佳篇，而且是哲理性的教案，更是浪漫飘逸的经典。"人有悲欢离合，月有阴晴圆缺"、"但愿人长久，千里共婵娟"等句，已流传千古，至今不衰。

尽管此时作者由于反对王安石新法而退出中央政坛远赴密州，尽管和弟弟子由七年未见一面，尽管已经 41 岁，可是诗人还是用鬼斧神工般的笔触，告诉人们，自己的豁达、积极、洒脱，还告诉人们，不要记恨那些阴晴圆缺，何不插上翅膀，"千里共婵娟"？生活，就需要这样有心胸的人，需要这样的把酒言欢！

千年穿越

大江东去，浪淘尽，千古风流人物。

故垒西边，人道是，三国周郎赤壁。

乱石穿空，惊涛拍岸，卷起千堆雪。

江山如画，一时多少豪杰！

遥想公瑾当年，小乔初嫁了，雄姿英发。

羽扇纶巾，谈笑间，樯橹灰飞烟灭。

故国神游，多情应笑我，早生华发。

人间如梦，一樽还酹江月。

《念奴娇·赤壁怀古》苏轼

滚滚长江东逝水，浪花淘尽多少英雄。历史的车轮滚滚而逝，而在这车轮留下的轨迹中，最为耀眼的注脚无疑是那些数不尽的传奇故事。人们常说："以史为鉴，可知兴衰。"可历史并不是单单拿来借鉴或预知兴衰的。"以史为画，借古抒情"者也大有人在。一方面，中国古代传奇故事比比皆是，给人们提供了大量餐后谈论的素材；另一方面，中国文人的含蓄，也使得借古喻今或者"借古抒情"流行起来。所以，我们在读到前辈所写的关于历史的文章时，首先要揣度其中包含的抒情意味，这样，才算读懂文章的真正主旨。

自然，这首《念奴娇·赤壁怀古》题为"怀古"实为抒情。

北宋元丰二年（1079 年）三月，苏轼由徐州调任湖州，按惯例给皇帝上表"谢恩"。但由于苏轼在其上奏的《湖州谢上表》中说了些"陛下知其愚不适时，难以追陪新进；察其老不生事，或能牧养小民"等对当时如火如荼的"新法"颇有怨言的话，让他在不知不觉中卷入了一场浩劫。

四个月后，北宋监察御史台里行舒亶、国子博士李宜之、御史中丞李定等人，借着《湖州谢上表》里面的某些激进词句和对当时出版的《元丰续添苏子瞻学士钱塘集》中诗句的歪曲，对苏轼展开疯狂的弹劾，欲致其于死地。神宗皇帝得知苏轼的这些讥讽新法和朝廷的诗句后，一时大怒，下令将苏轼关入监狱并交由御史台审问。

经过残酷的折磨和无端的捏造，御史台对于苏轼的审问终于有了"结果"。十月十五日，御史台向皇帝汇报苏轼诗案的审理情况，结果，这一案件先后牵涉到司马光、范镇、张方平、王诜、苏辙、黄庭坚等29位朝廷重臣或者社会名士。不仅如此，御史台的人还奏请将苏轼、司马光、范镇、张方平、李常等人一律处死。面对这一无端栽赃，舆论哗然，仁义之士纷纷进言，替无端受冤的人求情。当朝宰相吴充直言相劝神宗要珍惜人才，已经退居金陵的新法主持者王安石也同样上书神宗直说苏轼杀不得，就连重病在身的曹太后都为苏轼说话。最终，在人们的积极营救下，元丰二年（1079年），十二月二十九日，宋神宗将苏轼贬为黄州团练副使，这就是轰动一时的"乌台诗案"。

元丰三年（1080年）二月，苏轼到达黄州。这年七月，苏轼游赏黄冈城外的赤壁矶，写下这首《念奴娇·赤壁怀古》。

词的上阕，先从江水写起，以"大江"、"浪花"，来比喻历史的流逝，给读者营造了一种极为广袤而悠久的时空背景。站在历史长河的岸边观看历史上的风流人物，不免有一种时光倒流的"穿越"之感。"故垒西边，人道是，三国周郎赤壁"一句，点出自己所处的地方，是三国赤壁之战的遗址。紧接着，诗人看到这里"乱石"堆成的险崖、"惊涛"击打着岸边，以及"卷起千堆雪",随即感慨道:这锦绣的山河,哺育了多少英雄豪杰啊?

词的下阕,具体到了这场赤壁之战中的著名人物周瑜。从"遥想公瑾当年"开始,之后的六句着力塑造著名儒将周瑜的形象。赤壁之战时的周瑜,风度翩翩,有娇妻相伴,成为孙权最为倚重的人。这样说来,彼时的周瑜处在人生的最高峰,智慧、地位、佳人一应俱全,其自信可想而知。赤壁之战,周瑜顺势利用东风,更利用自己的才智,抓住火攻水战的特点,最终"谈笑间,樯橹灰飞烟灭"。诗人用自己的笔触,带我们穿越千年,仿佛目睹了赤壁之战中那个镇定自若的三国周郎,对周瑜的赞美与羡慕可想而知。可是,诗人在着力赞美周郎后,笔锋一转,又写道"故国神游,多情应笑我,早生华发",悲凉之情油然而生。同样是赤壁这个地方,周瑜破曹时年仅34岁,而自己此时已经47岁,还陷入无端的放逐生活。特别是"多情应笑我"看似轻淡调侃,却大有沉郁之意。在把自己与周瑜做了一番比较之后,作者又发出"人间如梦,一樽还酹江月"的感慨,和上阕呼应的同时,表现了自己的诉求。既然人生如梦,那么,"莫使金樽空对月",举起一樽酒和江心的明月作伴,也不失一种洒脱。

总而言之,诗人通过上阕对古战场的险要形势精妙的勾勒,和下阕对周瑜的极尽赞美，最终抒发了自己功业无成的感慨。北宋的胡仔在《苕溪渔隐丛话》中称赞这首词"语意高妙，真古今绝唱"。确实，这首词词境的磅礴，格调的雄浑，词风的豪放，在当时盛行缠绵悱恻之调的北宋词坛开辟了一条新的道路。这首词虽然不算是积极乐观，却用穿越千年的笔法，和雄厚豪放的气势，告诉世人，词并不是花间轻饮酌唱的玩物。这就像一个标杆，屹立在中国的文坛上，震惊世人。

抛开诗歌社会影响之外的意义，我们可以看出，到黄州后，政治上失意的苏轼思想上发生了明显的变化：在这里，苏轼开始游历访古，之后，开始写出了一系列立意高远的雄文。世人都以为此词通过咏史抒情，表达的是壮志难酬的忧愤之情，却很少有人看出，这同时也是诗人心境的巨大转变：诗人通过在赤壁上的"穿越"，最终感悟到"一樽还酹江月"的情怀。

如今，我们也"穿越千年"，可以从字里行间看出他的心境开始豁达。"失之东隅，收之桑榆"，政治上的失意，并不妨碍其享受人生，开创文学先河的豪迈壮举。有人说，政治的不得意，是苏轼游山玩水的动机，他是用这样的方式来"逃避"仕途上的失意而已。实际上正好相反，与其说他用诗词来"逃避"，不如说他终于走出了"致君尧舜上，再使风俗淳"的死角，开辟了另外一片更为广阔的天地。从创作时间来讲，《念奴娇·赤壁怀古》比作者初来黄州时所作的《寒食帖》中透露的苍凉已经乐观很多。在这之后，苏轼又有传世名作《赤壁赋》（亦称《前赤壁赋》）问世，《赤壁赋》中，作者心境更为开阔，这正是他走出失落的印证。

余秋雨曾在《苏东坡突围》中写道："这一切（苏轼的仕途受阻），使苏东坡经历了一次整体意义上的脱胎换骨，也使他的艺术才情获得了一次升华，他，真正地成熟了——与古往今来许多大家一样，成熟于一场灾难之后，成熟于灭寂后的再生，成熟于穷乡僻壤，成熟于几乎没有人在他身边的时刻。"我非常赞同。

至于"多情应笑我，早生华发"，对于一个47岁的人来说，谁说不是一种看淡人生后的自嘲与豁达？

人杰，鬼雄

生当作人杰，死亦为鬼雄。

至今思项羽，不肯过江东。

《夏日绝句》李清照

关于项羽，后世文人咏叹的诗词众多，而这些咏史诗中无不有或明或暗的时代烙印。唐朝著名诗人杜牧有篇《题乌江亭》写道："胜败兵家未可期，包羞忍辱是男儿。江东子弟多才俊，卷土重来未可知。"这代表相当一部分人的观点，在他们看来，项羽把面子看得太重，要是返回江东，东山再起，也未必能再次败于刘邦。而在李清照的这首诗中，则一反杜牧的看法明确地提出项王乃"人杰"、"鬼雄"。为何不同人对项王有这样悬殊的看法？

因为，杜牧生活在晚唐时期，此时李唐王朝已经江河日下，而作者借用项羽兵败身亡的教训，暗含着对统治者的告诫。李清照生活的时代，则是国破家亡，她这样赞颂项羽，实质是对统治者逃跑路线的讽刺。

靖康二年（1127年）四月，金军攻破北宋都城东京，不但俘虏了北宋的太上皇宋徽宗、当朝皇帝宋钦宗，而且挟持赵氏皇族、后宫妃嫔、朝臣等共三千余人北上金国，东京被洗劫一空，北宋宣告灭亡，史称"靖康之难"（又称"靖康之耻"）。靖康二年（1127年）五月，宋徽宗第九子康王赵构在应天府南京称帝，后迁都临安，南宋政权成立，赵构就是宋高宗。李清照的《夏日绝句》正作于这样的背景。

李清照系名门出身，其父亲李格非是当朝进士、大文豪苏轼的学生，好词工，善属文。母亲是状元王拱宸的孙女，也很有文学修养。出生于这样的家庭，李清照自小受到的文学熏陶对她后来的创作打下了良好的基础。

18岁时，李清照嫁于赵明诚，自此过上了幸福的生活。原本，她应该过着举案齐眉的生活，吟着"莫道不销魂，帘卷西风，人比黄花瘦"、"三杯两盏淡酒，怎敌他，晚来风急！""此情无计可消除。才下眉头，却上心头"来与夫君互诉爱情。可是，"靖康之难"的发生，戏剧性地改变了李清照的命运，不仅仅是山河破碎，她的家庭也从此出现分裂。

"靖康之难"发生后，赵明诚被任命为建康城知府。一天夜里，建康城发生叛乱，而作为行政长官的赵明诚则悄悄逃跑了。叛乱被平定之后，赵明诚被革职，而李清照也为丈夫的行为感到羞愧，至此，夫妻关系出现裂缝。靖康三年（1128年），李清照和丈夫逃难至乌江，这位柔弱的女子站在乌江边，内心浮想联翩，稍做思索便随口吟出这首诗来。在旁的丈夫听到这首诗，羞愧难当，之后郁郁寡欢，不久便过世了。其实，李清照的本意并非责难丈夫，她更多的是站在国破家亡的角度，对统治者的行为进行讽刺。

"生当作人杰，死亦为鬼雄"是对项羽一生的褒奖。这十个字并非精致雕琢的用词，却打破了她长久以来婉约的风格，直抒胸臆，这位柔弱女子以极大的魄力借助当年西楚霸王的豪气来责怪让自己又爱又恨的国家统治者。

"至今思项羽，不肯过江东"，更进一步，直接点到了不肯过江苟安的西楚霸王。在易安居士看来，这位上天不够眷顾的男子生为豪杰，死为鬼雄，尽管面临别虞自刎，但他"不肯过江东"的举动已足够担当英雄之名。李清照不知道项羽死得壮烈吗？不是，她用高亢的语调为世人指出：不管是个人还是国家政权，都要有气节！其这种豪迈的爱国激情，直指偏安一隅的南宋统治者，对其不管百姓死活，抛弃大好河山的行为进行了无情的讽刺。

明代杨慎在《词品》中说："宋人中填词，易安亦称冠绝，使在衣冠，当于秦七、黄九争，不独争雄于闺阁也。"这首《夏日绝句》也印证了这点，作为宋朝婉约词派代表的李清照，情理之中的"豪放"：仅用20个字，却写出时人心声，这么慷慨、掷地有声的佳作，出自一个女性的手笔，不得不让无数男性折服。

莫等闲

怒发冲冠，凭栏处，潇潇雨歇。

抬望眼，仰天长啸，壮怀激烈。

三十功名尘与土，八千里路云和月。

莫等闲，白了少年头，空悲切！

靖康耻，犹未雪；臣子恨，何时灭？

驾长车，踏破贺兰山缺。

壮志饥餐胡虏肉，笑谈渴饮匈奴血。

待从头、收拾旧山河，朝天阙。

《满江红·怒发冲冠》岳飞

《满江红》是一个词牌名，但在大多数人的心中，一提起

《满江红》，就立刻闪现出岳飞的这首词来。岳飞《满江红·怒发冲冠》广为传唱、妇孺皆知的原因，不仅仅是岳飞的这首词的豪迈气概和爱国情怀，更重要的是他一生无以胜数的英雄事迹。

岳飞一生短短 39 载，其事迹却在千百年后鲜有人望其项背。公元 1122 年，20 岁的岳飞参军入伍，当年就平定了陶俊、贾进等盗匪之乱；随后，他先后在清水亭、新亭等地打败金军；32 岁时，他挥师北伐，接连收复襄阳等六郡，被升为清远军节度使；33 岁被封镇宁崇信军节度使、武昌郡开国侯；35 岁，官拜太尉、宣抚使；38 岁，他带军收复颍昌府等十余州郡，先后取得郾城、颍昌、朱仙镇等大捷；39 岁，岳飞先是领 8000 骑兵于淮西抗击金军，而后被授枢密副使……

绍兴三年（1133 年），岳飞因剿灭李成、张用有功，被高宗授予"精忠岳飞"的锦旗。其后，岳飞连战连捷收复了大片领土。绍兴六年（1136 年），岳飞率军先后攻占了伊阳、洛阳、商州、虢州等地，一直行军到陈、蔡地区。但由于孤军深入，援兵和粮草没有应有的接济，被迫撤回鄂州。返回鄂州后，岳飞深感壮志未酬，写下这首《满江红》。

岳飞开篇就写道"怒发冲冠"，让人不觉想起"完璧归赵"中蔺相如握璧冲向大殿柱子的场景。而现在，作者之于蔺相如的怒气，有过之而无不及。岳飞哪来这么大的怒气呢？一怒，金军亡国之仇，二怒朝廷之媾和决策，三怒朝臣不一心！想到这些，作者自倚楼上栏杆，看见急促的大雨都停了下来。这时，这个戎马一生的将领抬头望天，想起这些年的众多经历，不禁"仰天长啸"：我的心愿何时能实现？作为一个旁观者，观倚栏杆俯仰六合之态，闻此英雄之抑郁言，必定为之动容。

"三十"和"八千"都为约数，"三十功名尘与土，八千里路云和月"一出，磅礴的气势又起，气吞山河，豪情万千。这句话不但将岳飞自己半生的壮志、功业做了形象的概括，而且写出了功业建立之不易和他对功名的轻视。岳飞曾说："文官不爱财，武官不惜死，则天下太平矣！"他自己更是用把功名视作"尘土"的高风亮节做出了表率，至于用"不惜死"走过的"八千里"路，则是无悔无怨。不仅如此，他还号召其他人，"莫等闲"，用自己的行动来护卫河山，不要等到头发花白，才独自嗟叹。其力挽大厦之即倒的豪迈和悲壮，像那面"精忠岳飞"锦旗一样，感召着无数正义之士。

词的下片伊始，直接说出"靖康耻，犹未雪"的现状，提醒人们勿忘"国耻"。他更进一步，指出宋廷内部的矛盾，这不仅仅是主战派和主和派的分歧，更多的是"私恨"。岳飞用这样的疑问句，呼吁众臣形成"文不爱财，武不惜死，臣子息恨"的局面，一心御外敌。如果真能这样，内部安定，那么他则直驾战车，"踏破贺兰山缺，壮志饥餐胡虏肉，笑谈渴饮匈奴血"。尽管"餐胡虏肉"、"饮匈奴血"看似残忍、野蛮，但这也是战争的残酷，更为重要的是，作者通过这样最原始的描述，表达的是收复故土的强烈愿望！

从头收拾旧山河，这还是作者收拾破碎山河愿望的书写。不过，在这里，更多地体现出他恢复河山后去朝拜皇帝的想法。一个忠君爱国、文武双全的将领曲折回荡、激荡铿然的爱国、正气之声犹如一通战鼓，在人耳边经久不绝。

岳飞的这首词，以其豪迈、悲愤的风格不但激励着千古中华民族的爱国心，而且每当内忧外患频仍是感召一代代志士仁人共赴国难的号角。一生战功赫赫，死后名垂千古。《宋史》曰："西汉而下，若韩、彭、绛、灌之为将，代不乏人，求其文武全器、仁智并施如宋岳飞者，一代岂多见哉。"其所言非虚。但有几人看见这辉煌履历后的凿凿之恨？

白首为功名

昨夜寒蛩不住鸣。

惊回千里梦，已三更。

起来独自绕阶行。

人悄悄，帘外月胧明。

白首为功名。

旧山松竹老，阻归程。

欲将心事付瑶琴。

知音少，弦断有谁听？

《小重山》岳飞

独上高楼，倚栏杆，望断天涯路，有时"仰天长啸"，有时亦禁不住"把栏杆拍遍"。"仰天长啸"是豪情流露，"拍遍栏杆"是更深情的惆怅。

假使你身经百战，战功赫赫；假使你身为侯爵，官拜太尉；假使你的国家山河破碎，假使你屡受排挤，假使你是个忠义之士，那么，这些荣誉带来的只能是惆怅。绍兴七年（1137年），岳飞正在前线收复失地，连战连捷的时候，宋高宗启用主和派秦桧为枢密使，主持与金议和相关事宜。绍兴八年（1138年），宋金双方的使者进行合议谈判，听闻这个消息，岳飞气愤地说："金人不可信，和好不可恃，相臣（指秦桧）谋国不臧，恐贻后世讥。"而后作这首词。据陈郁《藏一话腴》："武穆《贺讲和赦表》云：'莫守金石之约，难充溪壑之求。'故作词云：'欲将心事付瑶琴，知音少，弦断有谁听？'盖指和议之非也。"

"昨夜寒蛩不住鸣"，乍读之下，仿佛老者或者少女怀春之语。夜半钟声响起时刻，听到蟋蟀不停鸣叫。显然，只有心事重重、无眠之人才能注意到这样的事情。其实，也不是这蟋蟀，原来岳飞被梦惊醒。作者起身，来到房间外，看到寂静的夜里，除了朦胧的月亮和清晰的蟋蟀叫声，再无其他。做的是什么梦？为什么要用这么委婉凄凉的语调道出？

二十多年的征程，为了功名也好，为国家也罢，到此早已两鬓斑白。"旧山"指的是家乡的山。一年又一年，家乡山上的松竹都老了，而家乡还被金军占据，无法归家。我想将这样的心情告诉瑶琴。可是，没有知音？有谁会听？

相传"伯牙善鼓琴，钟子期善听琴"，子期知伯牙之音。子期死后，"伯牙破琴绝弦，终身不复鼓琴，以为世无足复为鼓琴者"。岳飞引用知音的典故，直指宋廷偌大朝廷，文武千人，竟无人与自己一心！自己空有一腔收复失地，直捣黄龙，救黎民于水火，匡扶社稷于危难的志向，这愁怎么才能消除！更令人扼腕叹息的是，当他打到朱仙镇，即将大功告成时，却被12道金牌勒令退兵。岳飞"愤惋泣下，东向再拜曰'十年之功，废于一旦'"。他指的知音仅仅是同朝为伍的官员吗？

当然不是！这里的"知音少"，除了对主和派甚至主战派的有些将领不信任、互相拆台的心凉，更是对宋高宗无收复中原之志的寒心。

"知我者，谓我心忧。"终于，我们可以试着走进"武圣"岳飞的内心世界。我们可以想象他听到蟋蟀鸣叫的哀怨；我们可以想象他有多少心事欲"付瑶琴"；我们可以试着臆测岳飞做的是什么梦，竟让他三更惊醒。他的梦正是无时无刻不关心的战局。至此，这首词才上升到精忠报国、壮志难酬的高度。只是，这个高度虽被外界评与《满江红》风格迥异，但他们却不知道这两首词思想的一致。张惠言在《词选·序》中说："道贤人君子幽约怨悱不能自言之情，低徊要眇以喻其致。"《小重山》沉郁蕴藉的艺术手法正是以一种别样的风景，让我们看到岳飞的文学才华。

"不知我者，谓我何求？"我们也不全然理解岳飞的心情，就像我们不知道这个在战场上披肝沥胆的英雄，在夜半三更起来独自绕着台阶慢行的思考；就像我们看不穿那朦胧的月色一样；就像我们从来不曾了解真正的历史。

真正文学意义上来讲，岳飞不仅仅是个军事家，更是个难得的词人。虽然留下的词不多，却佳篇不少。文天祥说："岳先生，我宋之吕尚也。建功树绩，载在史册，千百世后，如见其生。至于笔法，若云鹤游天，群鸿戏海，尤足见干城之选，而兼文学之长，当吾世谁能及之。"诚然，纵使我们不看作者本人的身份，只听他吟唱《满江红》、《小重山》，也能体会出一个凡人面对国仇家恨时的百感交集。《满江红》犹如一股狂风，席卷起人们内心的热血；《小重山》却像一首小曲，让我们吟唱时青衫湿透，把栏杆拍遍。

空自许

早岁那知世事艰，中原北望气如山。

楼船夜雪瓜州渡，铁马秋风大散关。

塞上长城空自许，镜中衰鬓已先斑。

出师一表真名世，千载谁堪伯仲间。

《书愤》陆游

陆游是中国产量最多的诗人之一。一方面，多变的时代为其提供了丰富的创作素材，另一方面其现存的九千三百余首诗，正是两宋之交，社会变动的真实写照。

陆游出生时正值靖康之难爆发，年幼的他不得不随全家开始南渡逃亡。从小亲身经历国破家亡的耻辱，使得他有颗强烈的爱国心。20岁时，陆游写下"上马击狂胡，下马草军书"的话来自勉，期待某日上阵杀敌，报效国家。而立之年开始，他正式步入仕途，先后做过大大小小的官，总体不如意。

故陆游的诗也根据他的经历可分为少年、中年、老年三个时期。其中，中老年时期的诗作成就最高，特别是中年阶段散发出的战斗气息及爱国激情、老年时代体会的田园风味和流露着的苍凉感慨，都是极具文学、史学价值的。

宋孝宗淳熙十三年（1186 年），62 岁的陆游已被罢官五年。这年春天，他又被朝廷起用，被任命为朝奉大夫、权知严州军州事。这时，居家乡山阴，想起山河破碎、万千黎民、自己壮志难酬的诗人，感慨下作了这首《书愤》。"书愤"之意，就是书写胸中愤恨之情。

"早岁那知世事艰，中原北望气如山"句，"那知"写出自己少不更事、天真和纯真；"气如山"写出北望中原时候的气愤之情可以堆积成山脉了。通过这两句，写出自己年轻时候的血气、立志报国杀敌的宏愿。这样的宏愿和现在"世事艰"作比，一幅壮志难酬之情顷刻爆发。

"楼船夜雪瓜州渡，铁马秋风大散关"句中，"楼船夜雪瓜州渡"，指的是宋高宗绍兴三十一年（1161 年），宋军在瓜州一带击退来犯金兵的历史事件。陆游曾在孝宗隆兴二年（1164 年），任镇江通判的时候登上焦山，看过瓜州渡上的战船，还有诗作。这句"楼船夜雪瓜州渡",可能正是诗人凭借古战场的成果。大散关是古代军事要塞,被称为"川陕咽喉"。在诗人的眼中,大散关更是护卫边塞的屏障。在他的作品中,曾不止一次提及这个要塞,如《归次汉中镜上》中的"良时恐作他年恨,大散关头又一秋"句、《观长安城图》中的"三秦父老应惆怅,不见王师出散关"句和《江北庄取米到作饭香甚有感》中的"我曾从戎清渭侧,散关巍峨下临贼"句。

作者通过"楼船夜雪"、"铁马秋风"壮阔的场面以及"瓜州渡"、"大散关"等具体的关隘形象地概括了宋军在水、陆两路和敌人交战的场景。通过这些跌宕起伏、开阔壮丽、气势磅礴的语句,表明南宋军民是有力量来保卫自己的家园的。

"塞上长城空自许,镜中衰鬓已先斑"句,"塞上长城空自许"是典故的改写。据说,南朝时期的名将檀道济因"功高震主"要被皇帝杀害,他得知此事,愤怒地说:"自毁汝万里长城!"而陆游在《夜读有感》中感叹道:"公卿有党排宗泽,帷幄无人用岳飞。"这句"塞上长城"可能是对宗泽、岳飞等主战派将领遭排挤杀害的不满。而"空自许"中的"空"字,更是对自己一身抱负,无缘实现的写照。"空自许"和后面的"镜中衰鬓已先斑"连在一起,一种"冯唐易老"的悲怆和郁愤奇袭读者。

那么，陆游的悲怆和郁愤是否转化成一种消极心态呢？接着他拿出诸葛孔明的典故，直言"出师一表真名世"，千年后都难有人和他比肩。对诸葛亮的褒扬，其实正是作者对自己的勉励。杜甫在《咏怀古迹其五》中写道："伯仲之间见伊吕，指挥若定失萧曹。运移汉祚终难复，志决身歼军务劳。"赞扬诸葛亮在逆境中仍然主持匡扶汉室大计，作者借用这样的诗句，难道不是一直自勉？

清朝文史学家李慈铭在评价这首诗的时候说道："全首浑成，风格高健，置之老杜集中，直无愧色。"这首诗确实"风格高健"，虽然句句是愤，但却仍然以一种自勉的心态来激励自己，其风格之高，当朝难得。

可是，我们想知道，他究竟"书"的是什么样的"愤"？或许他在对"世事艰"而愤恨，为何报国如此之难？或许他在对自己早年的"空自许"而愤恨，为何自己没有干出些功业？或许他在对"衰鬓斑"而愤恨，时光为何这么无情，一转眼的工夫自己就变成蹉跎之人……

铁马冰河入梦

僵卧孤村不自哀，尚思为国戍轮台。

夜阑卧听风吹雨，铁马冰河入梦来。

《十一月四日风雨大作》陆游

曹操说，"老骥伏枥，志在千里"；苏轼说，"会挽雕弓如满月，西北望，射天狼"；岳飞说，"白首为功名"。虽说他们写"老"或自勉，或不服老，或感慨时光，但他们作诗时都已三四十岁，可是当青春逝去，我们真的老去了，会有什么样的心态呢？陆游在雨夜的一个梦或许给了我们最好的解释。

宋光宗绍熙三年（1192年），陆游已经68岁高龄。这年十一月四日夜，风雨交加，诗人看见这暴风骤雨，有感而发，写下两首《十一月四日风雨大作》，这是其中的第二首。

"僵卧孤村不自哀"，一个"僵"字，点出全诗之语调，既写出自己垂垂老矣，又写出蜷缩在孤村无所作为的凄楚。据说，唐朝诗人贾岛某天偶然来了灵感，骑在马上吟出："鸟宿池边树，僧敲月下门。"但是，又想着是不是该用"推"字，所以在马上先做"推"的手势，又做"敲"的手势，一时不知如何是好。走着走着，不知不觉闯进吏部官员韩愈的仪仗队里。韩愈问贾岛为什么私自闯进自己的仪仗队，贾岛就把作诗一事告诉韩愈，韩愈思考片刻，答道："用'敲'字好，一则显示出这个人有礼貌，二则，诗中描写月下，用'敲'多了些声响，意境也大不同。"贾岛恍然大悟，还和韩愈交上了朋友。后人用"推敲"指人们对事情的反复斟酌。而陆游的这个"僵"字，正如贾岛之"推敲"用得恰如其分，将一个68岁老人的晚年凄凉状况描写得淋漓尽致，为后面的"不自哀"做了铺垫。这个老人僵直地躺在孤寂村落的茅草房中，但他却没有为自己的处境感到凄苦，相反，他还想着为国家守护边境。这是多么让人感动的一个老者！

窗外的风声雨声都传进诗人的耳中，诗人仔细听着，这雷电交加、风雨大作，是否也预示着这个帝国在风雨飘摇之中？想起那些年金人对北方人民的烧杀抢掠、想起徽钦二帝被俘的耻辱、想起岳飞北伐时的功亏一篑、想到自己这么多年起起伏伏的宦海生活……生活的种种片段在这个爱国老者的脑海中一一掠过。这些事，他不知道想了多少回；很多人，他不知喊了多少次。

日有所思，夜有所梦。果然，在梦中，作者终于实现了身着铁甲、收复故土的愿望。"铁马"、"冰河"和前面的"不自哀"、"戍轮台"、"听风吹雨"一起，组成了一幅风雨夜黑白相间战场厮杀图。作者将诗、梦、现实三者天衣无缝地结合了起来，谱写了一曲气势磅礴、亦真亦幻的英雄交响曲！

和陆游的大多数作品一样，这首诗散发出的爱国热情，不但大气、豪迈，而且让人读来有一种悲怆。一个 68 岁高龄的人，忍着全身的病痛，孤独地躺在荒凉的乡村。想起自己从少年"上马击狂胡，下马草军书"的志气到现在"僵卧孤村"的复杂经历，虽说"不自哀"，但其中感慨千万，谁能真正体会？

与"直把杭州作汴州"的王公贵卿不同，这个血气未退的人还能不顾自身的健康和得失想着为国"戍轮台"、做着"铁马冰河"的豪迈之梦。这样的情景，我们还能说什么？这样的老者，我们还能要求什么？唯有一杯热酒、一掬英雄热泪！

"铁马冰河"，这是什么样的一个梦？像关云长一样于千万军中取敌人首级？像窦宪一样勒石而归？像鄂王岳飞一样"直捣黄龙"？像辛弃疾一样"梦回吹角连营"？

可现实终究是现实，现实夺走人的理想，只剩一个聊以自慰的梦。梦里吹角连营，可是现实中只能僵卧孤村，还得给自己信心般说不自哀。梦中王师北定中原，指日可待，可现实中只能卧而听北风萧萧，急雨洒落。这样，看似豪迈的语句，让人读来不觉一股热泪。

空有一颗壮心

长淮望断，关塞莽然平。

征尘暗，霜风劲，悄边声。黯销凝。

追想当年事，殆天数，非人力。

洙泗上，弦歌地，亦膻腥。

隔水毡乡，落日牛羊下，区脱纵横。

看名王宵猎，骑火一川明。

笳鼓悲鸣，遣人惊。

念腰间箭，匣中剑，空埃蠹，竟何成！

时易失，心徒壮，岁将零。渺神京。

干羽方怀远，静烽燧，且休兵。

冠盖使，纷驰骛，若为情？

闻道中原遗老，常南望，翠葆霓旌。

使行人至此，忠愤气填膺，有泪如倾。

《六州歌头·长淮望断》张孝祥

南宋政权自建立起，"直捣黄龙，迎回二圣"就成为南宋时代大部分人的心愿。与之相对应，文坛上收复故土、壮志难酬、爱国豪情成为一时的主旋律。事实上，此时的词作中提及爱国或者壮志方有规格，引领文坛风向，称得上佳作。姑且不管这种风格的不足之处，从历史的发展来看，从南宋初南渡的李清照、朱敦儒等人到后来的辛弃疾、陆游、陈亮等词人，其词作无一不印证这个特点。而在南渡词人到辛弃疾等人的发展中，有一个非常关键的过渡词人张孝祥。

《宋史》载："张孝祥词翰俱美。"张孝祥在作词方面以苏轼为典范，极具豪放气质，常用如神之笔表现豪情壮志。其词作既写景抒情时挥洒自如，兼具爱国思想，因此，其词多境界高远，激荡人心。

隆兴元年（1163年），即位仅一年的宋孝宗开始了雄心勃勃的北伐大计。孝宗立志恢复中原，先是为岳飞平反，再者命令"中兴四将"仅存的张浚来主持北伐事宜。但是，很不幸的是宋军在符离遭到金军阻击，损失惨重，大败。看到军队大败，这时朝中主和派纷纷上书力主撤毁边备，准备与金人和议。此时，正在建康任留守的张孝祥听闻此事，慷慨忧愤，写下这首《六州歌头》。

上片从"长淮望断"写起，几乎全是在写景。作者站在淮河边上极目远望，看见的是撤掉淮河的边防后，关塞极尽荒芜。看看这寒风凄凄、边关寂寂，哪还有北伐时期的尘土？看到这里，作者不禁心情立刻黯淡下来。"黯销凝"三字，集中地体现出作者对战争失利悲痛欲绝，却又无可奈何，只能黯然伤神的复杂心情。爱国之情表现得淋漓尽致。

"追想当年事"中的"当年事"指的是"靖康之难"。作者指出"靖康之难"是"殆天数，非人力"，"殆"是用来表示推测，和"大概"、"几乎"同义。在这里，很多人以为诗人因"愚忠封建思想"而把"靖康之难"的原因归为天意。其实这是不准确的，不说愚忠思想，当时的有识之士都知道，"靖康之难"非天意而是人为原因造成的，何况作者呢？这里，作者刻意用一个"殆"字，有两层意思，一是人们都知道北宋被灭的真正原因，刻意不道出真相；二是相当于讽刺般的疑问，提出"靖康之难"大概是因为天意吧？

"洙泗"和"弦歌"都代之传统的中原文化。相传孔子常在鲁国的洙、泗两条河流间讲课，后人用"洙泗"代指儒家。而

"弦歌"是古人授课时的弹琴唱歌等礼乐文化。"膻腥"指的是牛羊等畜生的腥臊味。这句话整体的意思是，看那北方被金人统治的地方，已无中原之文明，取而代之的是金人的腥臊气。不仅仅是这样，"隔水毡乡，落日牛羊下，区脱纵横"，仅仅一水之隔，昔日的良田阡陌成了金人放牧牛羊的场所。金兵将领手持火把，奏着胡笳来狩猎，就令人非常惊恐。

"洙泗"句、"毡乡"句和"宵猎"句构成了三层意思。第一层写到金人从文化上对占领区的破坏；第二层写农业上对中原生产的影响；第三层写军事上金军的强大和猖獗。通过这三层，其一表现出金人对占领区各方面的破坏和改造，令人愤恨；其二，尽管有金人的奴役，但占领区的文化和农业也相对稳定，这又和一江之隔的宋朝死气沉沉的状况形成鲜明的对比，不得不令人担忧。

下片从"腰间箭，匣中剑"开始，几乎全是抒情。"空埃蠹"，形容自己用来杀敌的弓箭和宝剑等兵器已经堆积上了厚厚的尘埃，被虫蛀蚀。大把的光阴就这样虚度了，一事无成！眼看马上进入暮年，时间这么无情，却空有一颗壮心！

远看汴京，不知道什么时候能够收复，却看到向敌人求和的举动，边境的战争是暂时停止了，可看到奔驰于两岸之间冠服乘车的使者，怎么能不感到羞愧！这几句词中"干羽"本指音乐，这里代指文德。"冠盖"本指古代官吏的帽子和车盖，这里指的是来往于宋金之间的求和使者。"干羽方怀远"代指宋廷向金人求和。连起来，这几句词就是对南宋朝廷主和派的谴责和讽刺。

最后"闻道中原遗老"几句，描写中原被金军占领地区的宋人盼望收复故土的愿望，假使南方的臣民看到这个情景，定无法抑制满腔的悲愤，泪如雨倾。结尾三句是整首词感情的喷发，强烈表现出中原人民盼归的热泪。北宋的李冠也在《六州歌头》中写过"使行人到此，千古只伤歌，事往愁多"的句子，孝祥继承前人诗句，发今人之忧愤，恰到好处。

这首词和很多经典词作一样，上片写景，下片抒情，在艺术技巧上非常注重借代、用典和感情的抒发。这首词感情奔放，真实自然，富有强大的艺术感染力。就像清人陈廷焯说的那样："淋漓痛快，笔饱墨酣，读之令人起舞！"据《朝野遗记》记载，张孝祥是在建康设宴款待张浚等将领时，席间作的这首词。张浚读完这首词连酒也喝不下去了，居然"罢席而入"，正说明这首词的感染力之强。

人们称杜甫的诗为"诗史"，是对其诗写实、写时的赞誉。《六州歌头》将宋金双方局面的对比，人民的忧愤爱国等问题多层次、多角度地真实地展示了出来，呈现出了那个时代的特殊时局，也完全可以称得上"词史"。只是，这"词史"，更与何人说？

忧愁风雨

楚天千里清秋，水随天去秋无际。

遥岑远目，献愁供恨，玉簪螺髻。

落日楼头，断鸿声里，江南游子。

把吴钩看了，栏杆拍遍，无人会登临意。

休说鲈鱼堪脍，尽西风、季鹰归未？

求田问舍，怕应羞见，刘郎才气。

可惜流年，忧愁风雨，树犹如此！

倩何人唤取，红巾翠袖，揾英雄泪？

《水龙吟·登建康赏心亭》辛弃疾

辛弃疾是苏轼之后宋代词坛豪放派的另一面旗帜，人们经常把他和苏轼放在一起合称"苏辛"。沈义父在《乐府指迷》中说："近世作词者不晓音律，乃故为豪放不羁之语，遂借东坡、稼轩诸贤自诿。"而王国维在《人间词话》提出："读东坡、稼轩词，须观其雅量高致，有伯夷、柳下惠之风……苏辛，词中之狂。白石犹不失为狷。若梦窗、梅溪、玉固、草窗、西麓辈，面目不同，同归于乡愿而已。"近人郭沫若为辛弃疾墓祠题写对联称："铁板铜琶继东坡，高唱大江东去；美芹悲黍冀南宋，莫随鸿雁南飞。"显然，这些都不是对这个伟大诗人的"谬赞"，他的贡献也远不止这些。

王国维在赞扬苏辛二人的时候，也点出"东坡之词旷，稼轩之词豪"，这与他们所处时代和个人性格有莫大的关系。"稼轩之词豪"稼轩是个真正的豪放派，为何？

杜甫虽写过"射人先射马，擒贼先擒王"；王昌龄也写过"欲将轻骑逐，大雪满弓刀"；苏轼也写过"西北望，射天狼"，但这大多都是想象之物，有谁会像稼轩一样亲身历经战争，从北到南一路在战场厮杀？有谁会在闲时临江水，登高楼，拍着栏杆，热泪横流？

淳熙元年（1174 年），35 岁的辛弃疾在建康府任通判。建康，也就是今天的南京，是历史上著名的都城，三国时期东吴政权就在此建都。《景定建康志》记载："赏心亭在（城西）

下水门城上，下临秦淮，尽观赏之胜。"这年，辛弃疾不知第几次登上这座古城，远眺，然后想起三十余年的军旅生涯，感慨不已，遂作《水龙吟·登建康赏心亭》。

独上高楼，首先映入眼帘的无疑是宽阔的青天，仰望这片天空，想想北方故土的人是否和我们同享这样的青天？柳永曾用"暮霭沉沉楚天阔"来形容南方的天空，不同的是此时清秋季节，则无那么多暮霭。你看那滚滚的江水从眼前流过，似乎从没有尽头，是不是它要驶向天际，来给这清秋做一些搭配？真是"秋水共长天一色"！

再看那远处的山岭，虽说成岭成峰，从现在这个角度看，却十足像个美人梳的海螺形状的发髻。可是，这么美好的发髻怎么突然给人带来一种忧愁和愤恨呢？因为当夕阳斜照在赏心亭上时，人们能否听到失群的孤雁的哀嚎？真是"月冷风清也断肠"。这难道不是在说：看，这个离别故土七八载的游子和我们一样可怜么？

想到这里，你就不能不紧握腰中宝刀，愤愤地拍着楼上的栏杆！杜甫说："少年别有赠，含笑看吴钩。"李贺也言："男儿何不带吴钩，收取关山五十州。"现在我手中握紧这宝刀，把栏杆拍遍，谁能明白这位游子的心意？难道我的"愁"、"恨"仅仅是一个游子归不了家么？

人们跟我讲，在洛阳为官的张翰，看到秋季西风袭来，不觉间想到家乡鲈鱼脍和莼菜羹美味，就立即辞官返回家乡。现在又是深秋，北雁都知道南归，我这个在江南飘荡的游子呢？

我当然不会像许汜一样在此"求田问舍"，置地安家，这样，哪有脸面见江东父老？我想如刘使君那般，为国事披肝沥胆。但是，就像桓温感慨自己在琅邪种的柳树那样，逝去的流年岂是你我能锁住？但是，看见国家如风雨中的树木，怎能让人不忧愁？还是请这位穿着"红巾翠袖"的少女，擦拭我这"无人会、登临意"的眼泪罢！

人言道："项王泣数行下"，是为"此天之亡我，非战之罪也"的解脱；"江州司马青衫湿"，是为舞动琵琶的长安歌女；"长使英雄泪满襟"，是为七出祁山而未成霸业的诸葛，那"揾英雄泪"却是为何？仅为"把栏杆拍遍"或是"江南游子"的触景生情？可说是，也不全是。"把栏杆拍遍"是诉说壮志难酬"登临意"的倾诉，而"江南游子"是故土难复的不甘，除此外知音甚少的"弦断谁听"、时光无情的"可惜流年"也是题中之义。

有人说："这（首词）是稼轩早期词中最负盛名的一篇，艺术上也渐趋成熟境界：豪而不放，壮中见悲，力主沉郁顿挫。"是啊，君不见，这"秋水长天"和"远山"、"落日"下空旷辽远的意境和休说"鲈鱼堪脍"、"求田问舍"的大气豪放么？

只是这个请缨无路、虚度年华的建康通判流下的英雄热泪，有谁能知？

可怜白发生

醉里挑灯看剑，梦回吹角连营。

八百里分麾下炙，五十弦翻塞外声。

沙场秋点兵。

马作的卢飞快，弓如霹雳弦惊。

了却君王天下事，赢得生前身后名。

可怜白发生！

《破阵子·为陈同甫赋壮词以寄》辛弃疾

如果和岳飞的"弦断谁听"来作比，辛弃疾至少是庆幸的，因为他还有一个知音陈同甫。陈同甫，即陈亮，同甫是他的字。陈同甫是南宋婺州永康人，为人豪放，极具才气，人称龙川先生。据当时的闲话集《养疴漫笔记事一则》载：宋孝宗淳熙十五年（1188 年）的冬天，辛弃疾在带湖山庄一代闲居。在一个大雪纷飞的日子，辛弃疾在楼上远眺，见一人策马在大雪中飞奔，不一会儿就来到辛弃疾寓所前面。可这个时候遇到一座小桥，陈亮策马准备越过小桥，但亮三跃而马三却。"同甫怒，拔剑挥马首"，提着马首就走了过来。这一切都被辛弃疾看见，他非常吃惊，赶紧派人出来打探。这个时候陈亮已经到了辛弃疾家楼下，两位英雄相见恨晚，遂成莫逆之交。

实际上，辛弃疾和陈亮早就在乾道年间经吕祖谦介绍相识，陈亮对北方起义而南归的大英雄辛弃疾非常崇慕，而辛弃疾也对陈亮的才气赞赏有加。此后，二人一直有书信往来。关于其伟大友谊，还有"鹅湖之会"之故事。

淳熙十五年（1188 年）冬，陈亮从家乡出发驱车八百多里，拜访辛弃疾并与之共商抗金大计，随后二人共游鹅湖，轮番把盏对饮，相约去拜访朱熹。因为最终没等到朱熹，陈亮滞留十余日后向辛弃疾告辞回家。不料，在陈亮离去的第二天，辛弃疾又想起老朋友，觉得意犹未尽，便策马抄近道进行追赶，但因为雪深道路太滑才不得不作罢。在半路驿馆休息时，辛弃疾突然听到有人吹笛，笛声甚是悲壮，便回忆起和陈亮的十余天相处，不觉间写下《贺新郎·把酒长亭说》来怀念朋友。陈亮回家收到辛词后，又和《贺新郎·老去凭谁说》一词寄给辛弃疾。随后二人皆以《贺新郎》为题互寄词作达五首之多，被传为一时佳话。

宋光宗绍熙四年（1193年）秋，辛弃疾被委任为福州知府、福建安抚使等职，而始终坚持抗战的陈亮也被光宗钦点为状元，辛弃疾则作这首《破阵子·为陈同甫赋壮词以寄》，来与好友共勉。

显然，早已年过半百的稼轩，只能借酒忆起峥嵘岁月，当年南归之时壮烈的战场借助酒精再次清晰地浮现在这位老人的眼前。眼里看到的是斩敌首于乱军的宝剑，耳听得连营中紧急的号角，脑海中浮现当年将士们在军旗下一起分食烤熟的牛肉，高唱那壮阔的军歌，观看在秋季沙场点兵的场面……哎，这些日子一去不返喽！

不过，他还可以想象，想象着有一匹皇叔玄德的的卢宝马和霹雳般的射箭技艺，这样他便可以直奔战场，统一华夏，了却君的心事，也让自己的名字永垂青史，代代相传。可是，想着想着，眼前怎么又出现了一个白发的老头！

抛却这首诗的艺术性，诸如句法、平仄、韵脚上的恰当和八百里分麾下炙、的卢飞快等典故，在内容上，一个"梦回"，将半生军旅生涯深深唤起，可醒来却是"镜中衰鬓已先斑"，这是一种怎样的悲凉！东坡如是，放翁如是，如今稼轩先生也是等得白首也难酬壮志！你举酒属客如何？你知音难觅奈何？你把栏杆拍遍又能如何？高中状元又如何？能改变这颓废的局势吗？

这首为陈同甫赋的"壮词"究竟是在表达什么？相互勉励？壮志难酬？也不尽然。相互勉励，为何长叹白发丛生；壮志难酬为何称为"壮词"寄给高中状元的老友。依我看来，这倒像东坡寄友人之语："近却颇作小词……呵呵！……令东州壮士抵掌顿足而歌之，吹笛击鼓以为节，颇壮观也。"当然，不仅仅是赏词这么简单。伟大的词作，需要懂其内在的人。《破阵子·为陈同甫赋壮词以寄》中意味，以陈亮之聪慧，或体会尽然。

无论如何，我们会深深记得21岁率2000民众参加抗金义军，生擒叛徒张安国，回归南宋，多次提出强兵复国的辛弃疾和这个一生为恢复中原而努力的友人。不幸的是，陈亮被点为状元后尚未到建康府赴任，就匆匆撒手人寰，这首《为陈同甫赋壮词以寄》也成为这对伟大朋友最后的交流。在19年后，辛弃疾也忧愤而卒，据说，辛弃疾临终时还大呼："杀贼！杀贼！"在我看来，他更有可能喊"收复！收复！"

历史尘埃淹没一切，鹅湖还在否？当年稼轩所追同甫路，仍阻人么？唯有五首《贺新郎》和这《为陈同甫赋壮词以寄》亘古不变地耸立在浩渺宋词中，催人热泪！

凭谁问

千古江山，英雄无觅孙仲谋处。

舞榭歌台，风流总被雨打风吹去。

斜阳草树，寻常巷陌，人道寄奴曾住。

想当年，金戈铁马，气吞万里如虎。

元嘉草草，封狼居胥，赢得仓皇北顾。

四十三年，望中犹记，烽火扬州路。

可堪回首，佛狸祠下，一片神鸦社鼓。

凭谁问，廉颇老矣，尚能饭否？

《永遇乐·京口北固亭怀古》辛弃疾

宋宁宗嘉泰三年（1203 年），辛弃疾已经 64 岁了。相比这个年纪"僵卧孤村"的陆游来说，辛弃疾算是比较幸运，这年他得到再次启用，被任命为绍兴知府兼浙东安抚使，准备北伐事宜。这年，历史终于让辛弃疾的北伐愿望又看到光明，而且，这个时候，年迈的陆游也在绍兴老家闲居，两位文学家就这样"风云龙虎会"。马上步入耄耋之年的陆游对辛弃疾一再鼓励，并提出具体的建议。怀着万千期待和壮志雄心的辛弃疾开始王师北定中原的计划。但是，仅两年后，辛弃疾就受到排挤，被调任到镇江，远离了北伐的准备。在这种情形下，辛弃疾在镇江府任上作《永遇乐·京口北固亭怀古》表达自己的心情。

京口是三国时孙吴设置的重镇，也是南朝宋武帝生长之地。所以，既然在京口的北固亭怀古，诗人一开始就从这里的吴帝孙权和宋武帝刘裕说起。"千古江山，英雄无觅孙仲谋处"。为何这么多的人用典之时都好用孙权？东坡《江城子·密州出猎》写道："为报倾城随太守，亲射虎，看孙郎"；陆游《军中杂歌》有"紫髯将军晓射虎，吓杀胡儿箭似橼"的诗句；而作者也点出"孙仲谋"。个人觉得一是孙权的确骁勇，少有非常人之事，后人用典必考虑；二可能是他们都有像辛弃疾这样游东吴故地，感慨随之而发。

孙氏父子，起于江东，数年就成就东吴霸业，联蜀抗曹，形成三国鼎峙的局面，可以称得上是千古江山。而千百年过去了，当年盛极一时的歌台舞榭，也沦为遗迹，到哪里去寻找吴王呢？

"寄奴"是南朝宋武帝刘裕的小名。刘裕被誉为"南朝第一帝"，是刘宋政权的开创者。他曾两度带兵北伐，收复洛阳、长安等地，使南方出现非常难得的统一局面。寄奴当年带着"金戈铁马"，气势如虎，驰骋中原，是怎样的一种豪气？可是，谁知道，这样的"南朝第一帝"也出生在斜阳草树下的一个寻常巷陌？

诗人用这两个典故，意在指出：无处寻觅的孙仲谋和寻常巷陌出生的刘裕，都是一代王朝的开创者，他们聪慧尤佳，也有进取之心，正是现在南宋当政者应该学习的！

从下片开始，作者继续借助典故，来更加直接地指向宋廷的当政者。"元嘉草草，封狼居胥，赢得仓皇北顾"，指的是南朝宋文帝匆忙北伐失利的故事。宋文帝正是"寄奴"宋武帝的儿子，元嘉是南朝宋文帝年号。宋文帝继位后，为了发扬父亲伟业，听信王玄谟的计策，以为北伐能够"封狼居胥"。"封狼居胥"指的是汉朝名将霍去病在战胜匈奴后，在狼居胥山举行祭天大礼的典故。而宋文帝带着"封狼居胥"的美梦匆忙地进行北伐，结果大败，只好"仓皇北顾"。辛弃疾为什么要用这样典故中套典故的方式来告诫准备北伐的统治者？他要告诉当政者：一定要准备充足，不能草草行事。不幸的是，果然被辛弃疾言中，在开禧二年（1206 年），主持北伐事宜的韩侂胄没有做充分的准备，就贸然北伐，结果金军早有准备，宋军大败！

"四十三年"，指的是自己从 21 岁率众南归，到此时已经整整 43 年。站在京口的北固亭回忆，43 年前自己扬州以北参加的抗金斗争就像昨天一样。43 年，没有再真正地上战场与敌人短兵相接，也没有为政一方造福百姓，人生最宝贵的这段时光，就这样荒废掉了，这怎能让人不可惜！

关于"佛狸祠下，一片神鸦社鼓"，苏轼的《浣溪沙》里也写过"乌鸢翔舞赛神村"的诗句。与此类似，"神鸦社鼓"可能指的是与祭祀有关的神赛会活动。作者为何要描写这样一幅情景？因为当年金军南侵的时候，曾经驻扎在佛狸祠所在的瓜步山上。而当年的战场成了现在欢乐祥和的景象，这说明了什么？说明人们久了也会忘记战争，忘记耻辱，在北方沦陷区生活久了的人们，会渐渐安于异族的统治，而忘却了自己还是宋室的人民。同时也是对统治者丧失数次北伐时机的不满！

最后一句，引用廉颇的典故，意在说明自己爱国之心不衰。尽管北伐的时机被一次次丧失，但诗人还是用廉颇自比，暗示过了 60 岁的自己可以挑得起北伐的这副重担。然而，没人来问"廉颇老矣，尚能饭否"。这样，话锋一转，不被重用的感慨又出现了。

　　杨慎在《词品》中指出："辛词当以京口北固亭怀古《永遇乐》为第一。"而这首《永遇乐》也能代表辛弃疾的创作特点：用典故较多。作者运用大量的史事，一来可加强作品的说服力；二来今昔对比，可加强感染力；三则使得文章风格转为豪放。这样的用典其实在宋词中并不多见，可以说是辛词的一个长处。

　　不幸的是，这首著名的词成了辛弃疾的绝唱。公元1206年宋朝北伐失败后，宋廷召辛弃疾入京任兵部侍郎，辛两度坚辞不就。第二年九月初十，这位伟大的文豪不幸病卒。

　　和同时代的其他有识之士一样，辛弃疾作品多流露壮志难酬。可是，他又是比较幸运的，有知音，有过真正载入史册的军旅生涯，他用自己的笔锋，在中国文坛上"赢得身前身后名"，从这个角度看，其生无憾矣。就像刘辰翁在《辛稼轩词序》中说的一样："自辛稼轩前，用一语如此者，必且掩口。及稼轩，横竖烂熳，乃如禅宗棒喝，头头皆是；又如悲笳万鼓，平生不平事并厄酒，但觉宾主酣畅，谈不暇顾。词至此亦足矣。"

梦中煮酒

何处相逢？登宝钗楼，访铜雀台。

唤厨人斫就，东溟鲸脍；圉人呈罢，西极龙媒。

天下英雄，使君与操，馀子谁堪共酒杯？

车千乘，载燕南赵北，剑客奇才。

饮酣画鼓如雷，谁信被晨鸡轻唤回。

叹年光过尽，功名未立；书生老去，机会方来。

使李将军，遇高皇帝，万户侯何足道哉！

披衣起，但凄凉感旧，慷慨生哀。

《沁园春·梦孚若》刘克庄

刘克庄是南宋末期非常重要的一位词人。清人冯煦在其

《蒿庵论词》中写道："后村（刘克庄）词与放翁（陆游）、稼轩（辛弃疾），犹鼎三足。其生于南渡，拳拳君国，似放翁。志在有为，不欲以词人自域，似稼轩。"

刘克庄早年与四灵派的翁卷（字灵舒）、赵师秀（号灵秀）等人交往，诗歌创作受他们影响，讲究"推敲"，语言精练，佳句颇多。后与江湖派代表人物交往，其诗集还被刻入《江湖诗集》成为江湖诗派的代表人物，但他的诗词创作极大地开阔了眼界，接触到社会现实一面，所以成就也在其他江湖诗人之上。晚清著名词家陈廷焯在《云韶集评》中评论刘克庄时写道："潜夫感激豪宕，其词与安国相伯仲，去稼轩虽远，正不必让刘（过）、蒋（捷）。"正是对其褒奖。

题目中"孚若"指的是作者的同乡好友方信孺。方信孺，字孚若，其人颇有胆识，谋略俱佳，能言善辩，曾奉命出使金国和谈。方信孺在金国据理力争，驳回金人的狂妄要求，名震天下。这首《沁园春·梦孚若》和其他豪放词作一样，虽是通过写对友人的思念来抒发壮志难酬的感慨，但在艺术手法上有所创新，是难得的佳作。

本词的上片写的是梦境。"何处相逢？登宝钗楼，访铜雀台。唤厨人斫就，东溟鲸脍；围人呈罢，西极龙媒。"写到作者自己梦见与友人登上宝钗楼，遍访铜雀台时骑的是产自西北的宝马"龙媒"，而吃的是从东海捕获的鲸鱼而切成的薄片。

不仅仅是这些，作者还梦到，他和友人像曹操与刘备一样青梅煮酒，品评天下的英雄。去燕赵这个多慷慨悲歌之士的地方用数千辆车子请来众多"剑客奇才"。

纵观作者的这个梦，豪气盖过所有词人，但却不冷傲，因为他的这些"非分之想"全来自梦中。其中，直接引用"天下英雄，使君与操"的豪杰对话，以及极尽夸张的"宝钗楼"、"铜雀台"、"长鲸"、"天马"等事物，无非是对成就功业、大展宏图的希冀。

下片自"饮酣画鼓如雷，谁信被晨鸡轻唤回"开始，写到自己被早晨的鸡鸣之声从梦中唤醒后的现实生活。上片中的各种美好的事物，被一声鸡叫全部搅扰，醒来原来是南柯一梦，怎能不让人伤感。回忆起梦中的种种成就功业的豪迈情形，就不由得"功名未立"，似水流年过尽，难道要等到我像冯唐那样垂垂老矣才能有报国的机会么？这样一想，悲凉从中来，不可断绝矣。

"使李将军，遇高皇帝，万户侯何足道哉！"援引《汉书》中李广："惜乎，子不遇时，如令子当高帝时，万户侯岂足道哉！"表面说的是李广的时运不济，实则暗示宋廷不能任用贤才，使得李广这样的人才报国无门"难封侯"。想到这里，怎能不叫人"凄凉感旧，慷慨生哀"呢？

值得一提的是，作者在用典方面，前后引用的是"天下英雄，使君与操，馀子谁堪共酒杯"、"使李将军，遇高皇帝，万户侯何足道哉"整句古人对白，上下两句对仗整齐，意义连贯，突破了前人用典的默认规则，是本词的一大亮点。

还有，同样是抒发对现状的不满，同样是书写梦境，刘克庄却独辟蹊径，让人读来有新鲜感。与陆游"铁马冰河入梦来"一笔带过，直接写战场的手法不同，作者通过上片意气飞扬的描绘，大有"可上九天揽月，可下五洋捉鳖"的豪迈之感。但下片忽然一句"谁信被晨鸡轻唤回"，将人从这种豪气中拉回了现实，"谁信"、"轻"两词，把这种落差和沉痛悲凉之感描写到极致。

这样一来，即便抛开作者的时代背景，读者仍能觉出这首词抒发的忧愤之情。作者通过梦与现实的落差，不仅仅是抒发自己个人的怀才不遇，更是通过对友人的怀念，描写这个时代人才报国无门的悲怆。这样意气飞扬的文章，使人读来，不觉怆然涕下。

留取丹心

辛苦遭逢起一经，干戈寥落四周星。

山河破碎风飘絮，身世浮沉雨打萍。

惶恐滩头说惶恐，零丁洋里叹零丁。

人生自古谁无死？留取丹心照汗青。

《过零丁洋》文天祥

宗泽惟连呼"渡河！渡河！渡河"而逝；陆游作诗"王师北定中原日，家祭无忘告乃翁"作为遗言；辛弃疾临终时还大呼"杀贼！杀贼!"……与南宋初年始终缠绕的收复故土，壮志难酬的情结不同，到了宋理宗、度总掌政的时代，士人已经明显地感觉到，亡国灭种的危险。等到文天祥活跃的时代，御敌和救亡摆在这位状元出身的文人士大夫肩上。

德祐元年（1275年），元军开始进军临安，宋廷紧急下诏征勤王义兵。当时在赣州任知州的文天祥闻讯组成万人军北上勤王。次年，赵昰在福州登位，是为宋端宗。端宗任命文天祥为枢密使兼都督诸路军马。但当年十月，宋兵就被大败于汀州，福安府沦陷，南宋小朝廷开始流亡海上。经过两年的艰苦斗争，祥兴元年（1278年）底，文天祥不幸在五坡岭被元军俘获。此时元朝的元帅张弘范率两路大军直下广东，文天祥也被一起押解到珠江口外的零丁洋。张弘范试图威逼文天祥写信招降当时主持抗元的张世杰，没想到，文天祥竟写下这首流芳千古的《过零丁洋》。

"辛苦遭逢起一经，干戈寥落四周星"二句中的"经"指的是科举，汉代开始以儒家经典中的明经取士；"干戈"用兵器代指抗元战争；"寥落"为冷清之意；而"四周星"有两种理解，一种说法认为，"四周星"指的是诗人自起兵抗元以来刚好整整四年时间，第二种观点认为"周星"是"岁星"的意思。"岁星"12年在天空循环一周，所以这里的"周星"指的应该是12年。按照这种观点"四周星"应该指的是48年，诗人在作这首诗的时候不过44岁，这是用"四周星"这个整数来概括自己的一生。

不论何种理解，前两句都是回忆。诗人回忆起自己的一生，主要有两件大事，一为高中状元入仕，二是北上勤王，参加抗元斗争。而他用"干戈寥落"这样面对元军的侵略已经没有多少抵抗的情景来说明抗元斗争的失败，也对不做抵抗的投降派进行了强烈的谴责！

"山河破碎风飘絮，身世浮沉雨打萍"二句总结起来就是四个字："国破家亡"。不同的是作者用"风飘絮"、"雨打萍"等极尽凄凉的自然景象喻国事的衰微和自己身世的坎坷，将自己的命运深深地和国家的前途结合起来，感情真挚强烈，感染万千南宋人民！

"皇恐滩"也叫惶恐滩，在江西万安县的赣江中。宋瑞宗景炎二年（1277年），文天祥在江西兵败后，曾经过惶恐滩退回福建。而作者用"惶恐滩头说惶恐，零丁洋里叹零丁"这样用地名和心情的同音重复组合形容出当时在惶恐滩撤兵时的惶悚不安和现在被羁押在零丁洋上的孤苦伶仃，真是绝妙之语。除了以地形险恶来表现处境艰危外，诗人用的"说"和"叹"都是诉说的意思，他在这里不只诉说的是个人的不幸和愁苦，更多的是对"山河破碎"的无限痛惜！

破碎就破碎；雨打就雨打！惶恐就惶恐，伶仃就伶仃！反正"人固有一死"，与其投降受辱苟活人世，还不如死得"重于泰山"，留下赤胆忠心，永载史册！"人生自古谁无死？留取丹心照汗青。"在最后一句，作者以突然高亢的笔调和磅礴壮阔的气势一扫前六句的沉郁悲痛，立即用昂扬壮烈的情调收束全篇，形成一曲千古不朽的正气之歌。

这首诗在艺术的创作上，以高亢、豪放的风格和先抑后扬的手法表明誓死不屈，极具感染力，为实质上已经灭亡的南宋再添了一枚文学瑰宝。

据说，元将张弘范劝降文天祥，并让他劝降其他抗元人士时，文天祥说："我自救父母不得，乃教人背父母，可乎?"遂作此诗。张弘范看见这首诗也不得不说："好人！好诗!"

其实，除了艺术上的成就，这首诗更多的是思想上其对后世的感召。"人生自古谁无死？留取丹心照汗青"这样的千古名句所表现出的高尚品格和浩然正气，正是千百年来中国人学习的榜样。

仁义

孔曰成仁，孟曰取义，惟其义尽，所以仁至。

读圣贤书，所学何事？而今而后，庶几无愧！

《绝命词》文天祥

近代著名历史学家吴晗曾写过一篇《谈骨气》，说道："我们中国人是有骨气的。"其中列举了中国自古以来有骨气的人，在文章中，他特别提到一个人，这个人就是文天祥。的确，中国从来就不缺有骨气的人，如蔺相如宁为玉碎，不为瓦全；苏武执汉节牧羊19载；甚至很多文人墨客都在诗句中写到慷慨赴死；晚清也有"引刀成一快，不负少年头"、"我自横刀向天笑，去留肝胆两昆仑"这样的义士……但像文天祥一样真正用生命实践这句"慷慨赴死"的，在他之前大概没有几个吧？

在零丁洋上写下《过零丁洋》后，文天祥以为这会成为自己的"绝命诗"，但事情没能按他想象的那样发展。祥兴二年（1279年）二月，宋、元双方在海面上展开最后的拼搏。结果元军轻易击败宋军，陆秀夫随后背着小皇帝跳海殉难，宋朝彻底灭亡。此役后，张弘范为了继续招降文天祥，将其押送大都。结果，文天祥在路上绝食八日而未死。到达大都后，见到元朝君臣，文天祥坚决不行跪礼，以高贵的气节让元朝君臣大为佩服：满朝大臣竟都不忍杀害他。为了劝降文天祥，元朝不惜动用平章政事阿合马、丞相孛罗、南宋的降臣、文天祥的亲弟文璧，甚至被俘的南宋小皇帝，但文天祥说："弟兄一囚一乘马，同父同母不同天。"表示自己的决绝之心。

元世祖忽必烈爱文天祥的才能和气节，至元十九年（1283年）十二月，亲自劝降文天祥。文天祥的态度是："一死之外，无可为者。"最后，忽必烈不得不在至元十九年十二月九日（1283年1月9日）决定处死文天祥。行刑这天，文天祥从容地向南方跪拜，慷慨就义，终年47岁。忽必烈知道文天祥被处决，惋惜地说："好男子，不为吾用，杀之诚可惜也！"在文天祥死后，其妻收尸时，在文天祥的衣带中发现这首绝命词："孔曰成仁，孟曰取义；惟其义尽，所以仁至。读圣贤书，所学何事？而今而后，庶几无愧！"

文天祥为什么在临死前要写这些？因为仁义是千百年读书人追求的至高境界，能实现仁义，离圣人也不远矣。

"孔曰成仁"，"仁"是孔子思想体系的核心。孔子在《论语》中提到"夫仁者，己欲立而立人，己欲达而达人"、"己所不欲，勿施于人"、"能行五者（恭、宽、信、敏、惠）于天下，为仁矣"、"志士仁人，无求生以害仁，有杀身以成仁"等来阐述其仁政思想。

"孟曰取义"，作为孔子之后的另一个大思想家，他继承和发展了孔子的思想，提出"义"，指出"义也，无适也，无莫也，义之与比"。孟子也曾说："生亦我所欲也，义亦我所欲也；二者不可得兼，舍生而取义者也。"

可以看出来，孔子的"仁"和孟子的"义"中都提到了生死的问题。孔子说："杀身以成仁"；孟子说："舍生而取义"。他们都主张为了仁义，可以毫不犹豫地牺牲掉自己的性命。这样的思想经过董仲舒的发挥，被定义为封建道德的最高原则，到两宋时，由于理学家的进一步推崇，"仁义"就与封建道德等同起来，成为读书人的至高准则。

"仁"是什么？"义"是什么？二者有何关系？"仁"就是恭、宽、信、敏、惠等品质；"义"是正义、公义。如果把"义"做到极致，那么，仁也就跟着到了。这就是"仁至义尽"。

怎样将"义"做到极致？那就是舍生取义了。想想这个，也就理解文天祥最后的选择了。

我们从圣贤书里学到了什么？四书五经里面的"修身、齐家、治国、平天下"不就是仁义的学问吗？

我现在已经决绝地选择为国家慷慨赴死，做到了"义尽"。那么，从今以后，我再没什么可惭愧和遗憾的了！

这首绝命词读来，除了豪迈之气外，有一股"仁义"的程式化感觉。但是，这份看似理论的"仁义"有多么不易？为了"仁义"他决绝地牺牲掉自己的性命！为了这份决绝，文天祥牺牲的不仅仅是自己的性命，还有一妻二妾二子六女的幸福家庭。在其诗作《二女第一百四十八》中写道："床前两小女，各在天一涯。所愧为人父，风物长年悲。"他难道真的没有遗憾？国家民族就这样被灭，他难道真的没有遗憾？

没有遗憾不可能，他只是说，他对得起圣人的教诲了。而面对圣人教诲的其他能臣呢？难道不应感到羞愧吗？到底这样的圣人之道为何有这么大的魅力？到底这和吴晗说的骨气有什么关系？到底今天我们还会不会有这样巨大的精神力量？

这些问题，我们可以去坐落在北京东城区府学胡同 63 号的文天祥祠（又名文丞相祠，是文天祥当年被囚禁和就义的地方）寻找答案。

哀痛

东风吹落战尘沙，梦想西湖处士家。

只恐江南春意减，此心元不为梅花。

《观梅有感》刘因

人们都说，文学源于现实，指的是文学创作的内容和思想均来自于社会现实。而诗文的创作更是有明显的时代烙印。在这一点上，宋元诗词最具代表性。元灭宋后，由宋入元的诗人中，以刘因的文学成就较为突出。刘因虽然生于河北，一直成长在被"异族"占据的北方，但他一直以南宋为自己的故国。其诗文多次对南宋的覆灭表现出了强烈的哀悼。在艺术创作上，刘因非常欣赏韩愈的文风，也吸收当时大家之长，诗作体现出气势磅礴，雄奇峭丽的特点，开创了元初诗文创作的先河。

这首《观梅有感》就是刘因哀悼亡宋的佳作。

梅、竹、兰、菊被称为"花中四君子",因这四种植物不仅颜色较淡,而且多生在幽僻的地方,和君子的形象相符。而梅花,因多坚韧不拔的品格而特别值得人称道。历史上,咏梅或者观梅的诗作多不胜数,而写梅的佳句亦多。如李商隐《忆梅》:"寒梅最堪恨,常作去年花。"王安石《梅花》:"遥知不是雪,为有暗香来。"范成大《岭上红梅》:"满城桃李各焉然,寂寞倾城在空谷。"陆游《咏梅》:"零落成泥碾作尘,只有香如故。"……虽都也是托物言志,但更多的是借助梅花抒发个人志向。而这首《观梅有感》却在抒情上拔高了一个层次,借用梅花表达对亡国的哀痛。

而看见眼前的梅花,我也不由得想起一种生活,想起一个人。他有茅舍一两间、良田三四顷、围湖而居。在他的房前遍植梅花,夕阳西下,一曲箫声,三两好友,七嘴八舌,没有俗世烦扰,更没有名利纷争,这是多么充实的生活。只有这样的人,才能称为"处士",我也很想做这样的"处士",可是"久在樊笼里"。现在想起西湖也有这样的"梅妻鹤子",他植梅养鹤,不娶不仕,不问世事,俨然一个"五柳先生"。

腊梅,好像总不能开在艳阳天。这春去夏来,江南的梅花是否很快就尽数凋谢?想到这里,我就伤感起来。伤感良久,我静下心来，居然发现自己不是为这梅花而伤感。我"元"来是为这股春风而伤感。这股经历风雨经历战端的春风，你"又绿江南岸"，可"明月何时照我还"？

"国破山河在，城春草木深。"开放在路旁的梅花啊，你是否能体会这个宋人对江南美好河山沦入"异族"之手的悲痛？

第四辑
Chapter · 04

留清白在人间，愁苦难消

清白

千锤万凿出深山，烈火焚烧若等闲。

粉骨碎身全不怕，要留清白在人间。

《石灰吟》于谦

人们常说："言为心声，文如其人。"意思是，如果人们创作所写之文字皆为心中所想，那么，这个作品就和作者本人的性格或形象很相似了。这样看来，《石灰吟》正如于谦之为人，是坚贞不屈、不怕恶势力、高风亮节形象的代表。

中国绵延数千年的历史长廊，给文人创作提供了大量的历史素材，这是怀古题材的诗作出现的前提。而与借古抒情齐名的莫过于托物言志的诗作。托物言志，顾名思义，就是作者把自己想表达的远大理想或者优秀品质并不直接表达，而是融入于特定事物。本诗，作者就是通过石灰这一特定品性的事物，来表达自己志向的。

"千锤万凿出深山"，讲的是石灰的开采。石灰要从深山中"千锤万凿"地开采出来，这也暗喻一个人的成长要有多不容易。

"烈火焚烧若等闲"，讲的是石灰的锻造。要成为生石灰，"千锤万凿"开采出的石灰石就必须要经受"烈火焚烧"，即高温下煅烧，然后分解成二氧化碳和生石灰。值得注意的是，在这句描写石灰制造的过程中，作者特地用到"若等闲"，用来表达石灰视烈火焚烧为等闲之事的从容不迫。我们可以这样揣测：他仅仅是在说石灰吗？

"粉骨碎身全不怕"，说的是石灰成石灰粉的过程。"烈火焚烧"后的生石灰在和水反应下，会生成熟石灰，即石灰粉，也就是作者所说的"粉骨碎身"。石灰为什么会不怕"粉骨碎身"？其实，它连"千锤万凿"、"烈火焚烧"都泰然处之，"粉骨碎身"又何妨？因为它知道，它有一个更高的信念：

"要留清白在人间"。据明朝都穆的《都公谭纂》记载，明正统年间，宦官王振仗着皇帝恩宠以权谋私，很多地方官吏为了讨好他，每逢进京都有珍宝贿赂给王振。而当时任地方巡抚的于谦，每次进京却没有任何表示。他的朋友劝他说："你可以不献金宝，但也可以带一些像线香、蘑菇、手帕等特产，来送点人情呀！"于谦笑着作《入京诗》一首："绢帕蘑菇与线香，本资民用反为殃；清风两袖朝天去，免得闾阎话短长。"表达他清廉为官的品行和不和贪官同流合污的风骨。"两袖清风"这个成语也从此便流传下来。当然，"要留清白在人间"也不止"两袖清风"这么简单，了解于谦的履历，则知他所指的比索贿这种情况恶于百倍。

于谦为官"两袖清风"，多次平反冤狱、救灾赈荒，故深受老百姓爱戴。明正统十四年（1449 年），蒙古瓦剌大举进犯，明英宗在宦官王振的唆使下，决定亲征。当时身为兵部左侍郎的于谦极力劝谏，皇帝反而留于谦在京城，而自己亲征。果然，明军大败，御驾亲征的明英宗在土木堡被俘，史称"土木之变"。消息传到京城，群臣大为震惊，自乱阵脚。甚至有人畏惧瓦剌大军，提出迁都南京。听到这种主张，于谦当时愤怒地说："主张迁都的，都该杀！京都是天下的根本，如果京师摇动，则国家就快亡了，你们难道不知道宋朝南渡的悲剧吗？"于谦此话一出，那些主张迁都的人都羞愧不已。最终，在于谦和一批正直大臣的努力下，拥立明英宗的弟弟郕王朱祁钰为帝（即明代宗），尊明英宗为太上皇，以为非常之计。除此外，于谦还请郕王调南北两京、河南、山东和沿海等地的军队开赴京师，部署北京守卫战。

在于谦等人的努力下，明军不但成功地击退了瓦剌人，而且明英宗也被释放。景泰八年（1457年）正月，明代宗病重，石亨等人看见皇帝不能临朝，就和都督张轨、太监曹吉祥等人发动政变拥英宗复位。明英宗复位后，当即将当初拥立明代宗的兵部尚书于谦、吏部尚书王文等人下狱，以谋逆罪将他们处死。

虽然《石灰吟》是于谦早期的作品，但却像预言一样，知道了自己会"千锤万凿"、"烈火焚烧"甚至会"粉骨碎身"。可是他仍然"若等闲"、"全不怕"、"要留清白在人间"。让人读来肃然起敬又悲从中来。于谦为了国家大计抵御外敌拥立新帝，却被复辟后的旧帝处死，后人知其冤屈，将其和岳飞、张煌言二人并称"西湖三杰"。清代大诗人袁枚作诗说："江山也要伟人扶，神化丹青即画图。赖有岳于双少保，人间始觉重西湖。""岳于双少保"分别指的是岳飞和于谦，岳飞有《满江红》诉说平生之志，而于谦也有《石灰吟》书写人格。

他们都挽救大厦于既倒，自己却为国难献身，绝世之诗作，都豪迈壮烈，其人与诗，两垂不朽。可是，千百年之后，看他们的经历，佩服其人格之外，我们难道没有其他启示么？

此身何属

拂拭残碑，敕飞字，依稀堪读。

慨当初，倚飞何重，后来何酷。

岂是功成身合死，可怜事去言难赎。

最无辜，堪恨更堪怜，风波狱。

岂不念，中原蹙；岂不惜，徽钦辱。

念徽钦既返，此身何属。

千古休夸南渡错，当时自怕中原复。

笑区区、一桧亦何能，逢其欲。

《满江红》 文征明

中华上下五千年的历史值得人称道，人们对历史的误解也是令人汗颜的。比如说，人们知道岳飞是民族英雄，却很少有人知道岳飞为什么被称为民族英雄？他有哪些事迹？是怎样被称为英雄的？人们都说是秦桧害死岳飞，却不知道秦桧是如何害死岳飞的。人们只知道"青山有幸埋忠骨，白铁无辜铸佞臣"，却鲜有人清楚这背后的故事。

生活在明代的文征明，拂拭残碑时抒发的感慨或许能给我们一些启示。

"拂拭残碑，敕飞字，依稀堪读。"作者在拂去有关记载岳飞的残碑上的灰尘，看见当初皇帝给岳飞下的诏命还可依稀分辨。随着这残碑上的字，作者想起当初宋高宗刚立国的时候，为了防止金兵南下，是多么的依仗岳飞，可后来却对这位当初倚重的大臣何等残酷。

接着作者进一步联想，难道是历史上"飞鸟尽，良弓藏"的规律，岳飞功成后就应该被杀害么？只是这些事已经过去，怎么说也难以挽回。只是，想起风波亭冤狱，岳飞被无辜地杀害，岂能让人不愤恨、悲痛！

"岂不念，中原蹙；岂不惜，徽钦辱。""中原蹙"指的是边疆的缩小，"徽钦辱"指的是"靖康之耻"。这句是说在杀害岳飞的时候怎么不考虑这被金军一天天蚕食而缩小的边疆？怎么把"靖康之耻"中被俘走的徽钦二帝给忘了？难道是怕徽钦二帝返回南宋后自己的帝位不保吗？

多年不谈南渡的错误，怕是中原恢复了自己的帝位不保吧？想到这里，作者不禁苦笑，一个区区秦桧，有多大能耐，能害死抗金名将？他只不过能摸透皇帝心思，迎合皇帝罢了。

很明显，全文是以第三者的口吻说给偏安江南的宋高宗赵构听的，其中"笑区区、一桧亦何能，逢其欲"是点睛之笔。作者这么说，倒不是为秦桧翻案，而是教给人们一种透过历史现象看到本质的方法。

有学者指出，中国人向来有造神运动，名人的身世附会自不用说，仅从岳飞被杀一事看："后来的研究者们都知道，岳飞被杀的时候，已经是南宋的将军，手中还控制着相当强悍的兵马，如果用这么草率的方式就被杀了，很难让人相信秦桧之流有这本事。大家知道，确定某人是否是犯罪分子，除了要确定这人有作案的动机和时间等基本要素外，作案能力也是很重要的，作为高宗的得力走卒，秦桧还真没这能力承担斩杀岳飞这种级别大将的全责。……一些学者深入挖掘史料后，发现岳飞实际上是死于高宗赵构之手。"

可我们"人民群众"为什么却对秦桧百般憎恨对高宗只言片语不说呢？因为他是皇帝，是宋朝皇帝。所以，整个宋朝无人感言，或者百姓怒秦桧而忘高宗。人们对秦桧的憎恨，到今天都不曾减退，杭州岳王庙里，刚刚看见岳飞墓前的秦桧等人跪像，身边游人的一口浓痰就飞奔跪像而去。秦桧在岳飞墓前跪了几千年，至于他是否金人奸细、是否投敌卖国、是否害死岳飞的主谋，根本不需要去考证、去思辨了，那一口让人作呕的浓痰已经说明一切。

有人说得好："魔鬼的存在，不一定使众人能真正觉得神的可贵去学习和效仿神的品格，却足以为大家找到自以为具备了的伟大和高尚。"秦桧这样一个奸臣的存在，是否对坚定如吐痰者的自信心有了极大好处？今天，还有多少人会同样发问：历史为什么会是这样的？这样的表象下有没有其他可能？

但愿海波平

小筑斩高枕，忧时旧有盟。呼樽来揖客，挥麈坐谈兵。

云护牙签满，星含宝剑横。封侯非我意，但愿海波平。

《韬钤深处》戚继光

中国是个多灾多难的国家，除了受到天灾影响，更多的还有来自"异族"入侵等人祸的影响。每年的7月7日，不管中国内地还是港澳台湾的同胞，都要掀起纪念活动，因为7月7日对中国来说，是个遭外族入侵的耻辱日子。这个外族不是别人，正是日本。

中日两国比邻而居，隔海相望，历史上多有纠葛，不仅仅是清末、民国时期，往前追溯到隋唐就有友好交流。14至16世纪，日本的海盗开始侵扰劫掠我国和朝鲜沿海地区。时势给了英雄出场的机会，这个时期，涌现出胡宗宪、戚继光、俞大猷、谭纶等一批抗倭名将。而这些人之中，以戚继光的名声最大。

从明嘉靖三十四年（1555年），戚继光被调任浙江为官，就开始了他十余年的抗倭生涯。戚继光到浙江台州后，首先全面勘察了沿海的地理形势、城防设施等条件，然后采取了修复城池、训练军队等一系列措施，和台州军民戮力同心，取得了"九战九捷"的辉煌战绩，基本肃清了浙江沿海的倭寇。除此之外，他还创造了专门对付倭寇的"鸳鸯阵"，并撰写军事专著《纪效新书》，给后世留下了丰富的军事财产。

戚继光不仅是一位爱国将领或军事家，还是一位诗人。除了军事上的辉煌战绩，他还在军旅生活中创作了不少诗歌，文风多豪迈。如他在《登巾山》中写道："极目苍茫忆明主，吴钩高接斗牛辉。" 本诗虽是戚继光早期的作品，但其中透露出了远大的抱负和崇高的爱国主义精神。

古代有兵书，名为《六韬》又称《太公六韬》相传为姜太公所写。相传当初姜太公用直钩在渭水垂钓，居然钓到了一条鲤鱼，鱼腹中藏有兵书《玉铃篇》。后人便把《六韬》和《玉铃》简称"韬铃"，用来代指用兵的谋略。《韬铃深处》自然是自己多用兵谋略的一些理解或者感悟。

"小筑惭高枕，忧时旧有盟"两句主要写自己当前的生活。

作者是说，自己虽然在小楼上享受舒适的生活，但是还是很担忧倭寇，很担心他们对沿海地区人民的侵扰。

"呼樽来揖客，挥麈坐谈兵"两句还是继续写自己的生活。"麈"指的是麈尾，麈尾样子像树叶，下部靠柄处平直。魏晋的清谈家们经常用麈尾来拂去秽尘或清暑，这样能显示出他们的身份。后人便用"挥麈"来代指谈论。这句话的意思是，如果我的好朋友来了，我就拿出好酒招待他们，并和他们边饮酒边谈论对倭寇的用兵之道。

"云护牙签满，星含宝剑横"中的"云护"指的是天上的云护住了东西，代指天已黑。"牙签"则指的是象牙等骨质制作的签牌，常常系在卷轴书上作为标识以便翻检，类似于现代的书签。"牙签"有时也指书籍。如苏轼《送欧阳主簿赴官韦城》中写道："读遍牙签三万轴，却来小邑试牛刀。""星含"和"云护"相对，用满天星辰来代指夜已深沉，可见诗人和好友们聊到很晚。而"宝剑"则和"牙签"相对，都指的兵器。整句指的是，虽然和朋友聊到很晚，天已黑，但诗人还是把宝剑横放在身边坚持看兵书，不敢有一丁点懈怠，准备随时上阵杀敌。

"封侯非我意，但愿海波平"则是全诗的诗眼。古人无不以"才兼文武，出将入相"而为终身奋斗目标，甚至人们为"飞将军"李广穷尽一生而未能封侯而感到遗憾。而作者直言"封侯非我意"，那么"我意"是什么呢？就是"海波平"，即沿海的百姓过上安定的日子。这句豪迈的言语大有霍去病"匈奴未灭，何以为家"的风骨！也难怪人们抵御外辱特别是参加抗日战争时，常常拿出戚继光和这句"封侯非我意，但愿海波平"来激励世人。

《韬钤深处》虽是戚继光任登州卫指挥佥事时面对庸碌的生活在一本兵书的空白处而写，但是他渴望建功立业的不为功名的崇高理想非常值得我们学习，特别是后来他为了祖国的安稳奉献了自己的一生。

秋雁空转，好不悲凉

黄河水绕汉宫墙，河上秋风雁几行。

客子过壕追野马，将军夜箭射天狼。

黄尘古渡迷飞挽，白日横空冷战场。

闻道朔方多勇略，只今谁是郭汾阳。

《秋望》李梦阳

李梦阳明代中期文坛"复古派前七子"的领袖。他和何景明、徐祯卿、边贡、康海、王九思及王廷相六人，针对明中叶文坛出现的台阁体诗文和腐糜之气，大力提倡"文必秦汉、诗必盛唐"，在当时的文坛掀起了一场轰轰烈烈的复古运动。对明代文学的良性发展做出了积极的贡献。在诗文的创作上，李梦阳严格遵循前人风范，诗风追求雄奇、豪放的气魄，创作出了不少富有现实意义的作品。如《朝饮马送陈子出塞》、《君马黄》、《空城雀》等佳作。

所谓文如其人，李梦阳虽出身寒门，但疾恶如仇、充满正义感。他弘治七年（1493 年）中进士，弘治十一年（1497 年），出任户部主事，后迁户部郎中。弘治十八年（1504 年），因上书弹劾为非作歹的国舅寿宁侯张鹤令，而陷入牢狱。出狱后，某次在路上遇见张鹤令，李梦阳竟扬马鞭打落其两齿，可见其人正直和倔强。可是，世事并非正直和倔强就能使之如意。李梦阳生活的弘治年间，鞑靼开始骚扰西北边陲，和明朝摩擦频发。当时李梦阳刚好出使前线，目睹了边关的具体状况，有感而发，写下这首《秋望》。

前两句"黄河水绕汉宫墙，河上秋风雁几行"，和王之涣"黄河远上白云间，一片孤城万仞山"意思非常相近。不过，在此作者主要通过对从天上来的黄河之水围绕着曾经的秦汉遗址和河上的北雁的描写，更多表达的是悲凉。他也许是说"伤心秦汉经行处，宫阙万间都做了土"；也许是说"临空雁阵三两行"，秦汉的盛世早已不在，而只有这秋雁在天空盘旋，好不悲凉。

"客子过壕追野马，将军弢箭射天狼"两句中，"客子"指的是离家守卫边疆的兵士；"壕"指的是护城河。《庄子》有"野马也，尘埃也，生物之以息相吹也"句。这里的"野马"与庄子句相似，指的是飞扬起的烟尘。"弢"就是装箭的袋子，"弢箭"指装满箭的袋子，表达了整装待发的意思。这里是写边疆的兵士们骑马越过护城河，身后扬起漫天飞尘。将军的箭囊里装满了弓箭，准备像东坡先生那样"西北望，射天狼"！边关将士同心同德、豪气万丈、整装待发、志在歼敌的形象就这样形象地展现在读者面前。

"黄尘古渡迷飞挽，白日横空冷战场"两句主要写的是大的场景。"黄尘"接"客子过壕追野马"句，继续写漫天飞尘。"飞挽"是"飞刍（草）挽粟（粮）"的简说，在这指的是运送粮草的船只。这两句通过古渡中面对飞扬黄尘的运粮部队和前线"白日横空"的战场的对比，加深了古战场上的悲壮肃杀气氛。

最后两句"闻道朔方多勇略，只今谁是郭汾阳"中的"朔方"原指唐代在灵州一带的军事重镇，后人都用其代指西北边陲。"郭汾阳"指的是人称"国家唯赖老汾阳，盖世勋名树远疆"的唐代中兴名将郭子仪。郭子仪在安史之乱爆发后，出任朔方节度使，率大军先后收复洛阳、长安两都，后被封汾阳郡王，故人称汾阳王郭子仪为郭汾阳。作者无论是写"朔方"还是"汾阳"，都是为了提出郭子仪。前面写边关的景象悲凉，但将士们却有豪气，后面为何出现"只今谁是郭汾阳"的疑问呢？

其实，前面的描写都是为了给后面这句话做铺垫。虽然看见边关将士拼命守关，但就像那在天上盘旋的大雁给人一种悲凉感一样。亲自在边关感受过的李梦阳才能看出这表面下掩藏的更深层问题。朔方虽然多勇士，但哪里能出来一个像郭子仪这样力挽狂澜的旷世奇才？这是对边关战事的深切关注和忧虑。

自古写边塞之诗众多，初唐时经典迭出，人言后世难及。到了北宋，范仲淹《渔家傲·塞下秋来风景异》一出，时人又言，乃穷边塞之诗。岂不知《秋望》一出，又领风骚。既有"大漠孤烟直"之壮；又有"衡阳雁去无留意"之悲；还有"但使龙城飞将在"之忧；兼有拳拳爱国之心，高于艺术，思想远大矣。

一抹斜阳

壬申夏，泛舟西湖，述怀有赋，时予别杭州盖十年矣

天风吹我，堕湖山一角，果然清丽。

曾是东华生小客，回首苍茫无际。

屠狗功名，雕龙文卷，岂是平生意。

乡亲苏小，定应笑我非计。

才见一抹斜阳，半堤香草，顿惹清愁起。

罗袜音尘何处觅，渺渺予怀孤寄。

怨去吹箫，狂来说剑，两样销魂味。

两般春梦，橹声荡入云水。

《湘月·天风吹我》龚自珍

龚自珍是晚清最杰出的诗人之一，他生活于大变动的时代，诗文创作多主张"更法"、"改图"，诗文多在豪迈中显示出浓浓的爱国热情，被称"三百年来第一流"。

本诗虽是作者21岁时回到阔别十年的故乡游西湖时所作，但无论是从立意和艺术手法上来看，都让人为之一惊。

"天风吹我，堕湖山一角，果然清丽"，就开新奇之想象，把静态之景瞬间改成生动的形象。"天风"把我吹到"湖山一角"，让"我"坠落在西湖的一角，这样，"我"也得以目睹这清丽的景色。其中"堕"字用得特别形象。既显示出风的大而狂，又显示出自己来到杭州西湖的突然，有"石猴出世"的样子。"果然"一词，属于判断词，这句话中用果然，既表现出西湖确实"清丽"，又间接地表达出自己离杭州已十年，点出时间的跨度。杭州之景在作者脑海中只剩想象，如今再见到，"果然清丽"，回到家乡的喜悦和对美景的满足可见一斑。

"曾是东华生小客，回首苍茫无际"，转入回忆。"东华"，指的是北京的东华门，此处借指当时的京城北京。虽然出生于杭州，但龚自珍12岁时就随父亲入京，在横街全浙新馆生活，故他以"东华生小客"自称。十年过去，怅然回首，自己只是个贡生，没有建立功业，不觉中感到"苍茫无际"。作者眼中的功业是考取功名，读书作诗吗？当然不是。

在龚自珍看来，"屠狗功名"、"雕龙文卷"，并不是他的追求。这里有两个典故。"屠狗功名"指的是功名利禄。《史记》中记载西汉开国名将樊哙曾以屠狗为业，而《后汉书》记载东汉中兴二十八将中也有屠狗起家者。作者用"屠狗功名"指的是那些传统的功名利禄。

《史记·孟子荀卿列传》中记载，战国时期，齐国稷下学宫学者驺奭，喜采用邹衍的学说入自己的文章，人称"雕龙奭"。而晚唐诗人李贺在其《南园》中有"寻章摘句老雕虫"之句。作者在此用"雕龙文卷"，是指对文章的反复雕琢。作者为什么要在这提到"屠狗功名"、"雕龙文卷"呢？这不得不提到他所处的时代。

龚自珍生活的晚清时代，离所谓"康乾盛世"已经远矣。当时不仅在经济和政治上，清王朝日益没落，而且社会环境也是"四海变秋气，一室难为春"、"九州无生气"、"万马齐喑"极其僵化的时代。作者在此，不想与官场上充斥的"屠狗功名"般讲究功名利禄的人同流合污，也对当时的八股样文般的寻章摘句没有任何兴趣。他的志向在"揽辔澄清"天下、拯救苍生。如果真的投身于那些功名利禄、雕琢文章，不仅浪费青春，就连苏小小这样的女子也会嘲笑"我"无能"非计"。

"苏小"指的是南齐时钱塘的名妓苏小小，杭州有"苏小小墓"，韩翃《送王少府归杭州》中称："钱塘苏小是乡亲。"故诗人在此也称她为"乡亲"。龚自珍在这里把她拿来有揶揄之意，用这样一位身份特殊的红粉佳人的嘲笑来反写自己的豪情壮志，古之未有，绝倒之笔。

下片一开始就用"才见"一词，和上片中的"果然"异曲同工。游览到这个时候才看见"一抹斜阳"、"半堤香草"，本该欢喜，只是这时想到太多，不知间"惹"来"清愁"。"十里荷花"正开的季节，西湖之景胜于"西子"，其"绿杨阴里白沙堤"更是绝妙。而现在由于想到一些事情，错过了很多美景，眼中才看见这些"斜阳"、"香草"，却由于心中有所感引发了阵阵愁绪。满腹愁绪，却不明写，而是通过"才见"、"顿惹"引出，确实高明。好似稼轩"却道天凉是个秋"句，让人回味无穷。

"罗袜音尘"化用曹植《洛神赋》"凌波微步，罗袜生尘"句，代指佳人。多少年过去了，这些佳人早已随风尘而逝，而作者为何在湖边徒发幽思呢？王国维《人间词话》中说："诗人对宇宙人生，须入乎其内，又须出乎其外。入乎其内，故能写之。出乎其外，故能观之。入乎其内，故有生气。出乎其外，故有高致。"龚自珍这句"罗袜音尘何处觅，渺渺予怀孤寄"，乍看似乎"入乎其内"，徒发对佳人的追思，但细细品，却"出乎其外"，他不仅仅写佳人，还有用佳人代指人生理想的意思。这理想，也是他贯穿始终的主旨。

"吹箫"是用来排除怨恨的；"说剑"才是实现人生豪情的，这是两种"销魂味"，但这两种方式也说不尽诗人的"平生意"。这两种"销魂味"像"两般春梦"，"荡入云水"，仿佛这无际的云水和苍茫的天空中一般，到处都弥漫着作者的这种失意。

开篇这新奇的想象，给人一种豪气万千之感，为何至末尾愁绪却不知不觉涌上心头？开篇之豪气为铺垫，"怨"、"狂"才是内蕴，在那风雨如磐、万马齐喑的时代，有识之士的普遍压抑和无奈不觉间在游览美景时都会堵上心头。

后世评论家说："东坡之词旷，稼轩之词豪。无二人之胸襟而学其词，犹东施之效捧心也。"还说龚自珍词："绵丽飞扬，意欲合周辛而一之。"难道不是对这首词的褒奖？

愁绪难消

天山万笏耸琼瑶，导我西行伴寂寥。

我与山灵相对笑，满头晴雪共难消。

《塞外杂咏》 林则徐

作为近代"睁眼看世界的第一人"的林则徐，所处的时代不同于之前的任何时代，因此他的作为也具有以往时代没有的特点。进入 19 世纪，随着日益腐朽的专制统治和长久以来的"闭关锁国"政策，中国渐渐地在世界落伍。这时在局部对外贸易中，中国还是处于出超地位，为了扭转对华的贸易逆差，英国开始向中国走私鸦片。鸦片的流入不仅摧毁人们的健康、败坏社会风气，而且带来了白银外流、沿海工商业的萧条，给中国带来了巨大的灾难，人称"鸦烟流毒，为中国三千年未有之祸"。

道光十八年（1838 年），清道光皇帝让各地督抚对当时蔓延的鸦片问题提出对策，时任湖广总督的林则徐坚决主张禁烟，并提出六条非常具体的禁烟方案，后在湖广取得了很好的成效。这年九月，他又连续数次对道光皇帝力陈禁烟的必要性和禁烟的方略，得到道光的支持。十一月，林则徐被任命为钦差大臣，前往广东主持禁烟。第二年，发生了轰轰烈烈的虎门销烟运动。但是，英国以此为借口发动了鸦片战争。1840 年，英军入侵天津海口，道光皇帝派直隶总督琦善前去谈判，同时将林则徐撤职，随后充军伊犁。

　　道光二十一年（1841 年）林则徐踏上了戍途，当他在西安与妻子告别时，写下"苟利国家生死以，岂因祸福避趋之"的诗句让人为之动容。这首《塞外杂咏》就是林则徐在充军途中，目睹天山风貌有感而写。

　　诗的前两句"天山万笏耸琼瑶，导我西行伴寂寥"主要是写景。"笏"是古代朝会时大臣所拿的一种狭长的板子。诗人用"万笏"来形容天山群峰的形状，形象贴切，更像是对朝会的联想。"琼瑶"原指美玉，《诗经·木瓜》中有"投我以木桃，报之以琼瑶"的句子，后来人们也用"琼瑶"的洁白来形容雪，如白居易的《西楼喜雪命宴》中有"四郊铺缟素，万室甃琼瑶"的句子。诗人用天山数以万计玉一般洁白的雪峰来作比，视它们为自己西行的向导和"寂寥"的倾听者。诗人的"寂寥"是完全可以理解的，这不仅是他仕途受阻的悲愤，更是对这个国家前途的担忧和满腔话语无人倾诉的无奈。这时，他只能把这绵延的天山当作倾诉者，可是，这洁白的天山只能静静地倾听而已。

"我与山灵相对笑，满头晴雪共难消"，这里的"笑"更多的是苦涩，因为他把天山头顶的晴雪挪到了自己的头上，成了"白发三千丈"。这样的白发，和满脑子的愁绪怎么能消除呢？

同是满头白雪，天山顶峰的白雪通过阳光的温暖便可消除，可这位民族英雄备受的排挤、路途的寂寥、对国家民族命运的担忧导致一夜黑发变银丝，又要靠什么来消除？显然不是"与山灵相对笑"可以消除的。

整首诗看似全篇写景，实质则通过西行路上的景观来表达内心的情感。值得一提的是，这情感中，却并无明显的委屈或者抱怨、悲愤，我们反而能看出作者对景色的调侃和自己与山峦的对笑，颇有范仲淹"先天下之忧而忧，后天下之乐而乐"的乐观旷达、不畏艰险之风。作为一个留配之人，他并没有因为个人的得失而心生怨念、忘记国家和民族面临的危难。

道光二十二年（1842 年），林则徐到达伊犁后，他不顾年高体衰，和当地人民一起兴修水利、办理垦务。他在伊犁地区大力推广坎儿井和纺车，极大地推动了这些地区农业的发展。后来，人们为了纪念他，把坎儿井和纺车称为"林公井"、"林公车"。除此之外，林则徐还亲历南疆库车、阿克苏、叶尔羌等地三万余里，绘制了边疆地图，对边境国防事业做出了应有的贡献。

此时，再想那些天山山顶的白雪，你们果真知道"林公"的想法吗？在关汉卿的笔下，老天不忍窦娥的冤屈而六月飞雪，那天山上的皑皑白雪，是否也知道"林公"的冤屈？若干年后，想起这皑皑白雪覆盖的天山，过往的各色人们可能都会禁不住感慨一番。但想起"林公"在这流配之地的贡献，想起他"苟利国家生死以，岂因祸福避趋之"的话，想起他指天三呼"星斗南"之后辞世，谁都会"共沾巾"吧？

觅封侯

丈夫只手把吴钩，意气高于百尺楼。

一万年来谁著史，三千里外觅封侯。

定将捷足随途骥，那有闲情逐水鸥。

笑指卢沟桥畔月，几人从此到瀛洲?

《入都》李鸿章

与 21 岁时泛舟游于西湖的龚自珍所表达出的些许失落不
同，21 岁的李鸿章意气风发，这当然与个性有关，与更深层的
社会背景有关。清朝道光二十三年（1843 年），时年二十有一的
李鸿章先是入选优贡，接着，奉父亲之命从安徽老家来到京城，
来准备第二年在北京顺天府举行的乡试。在赴京途中，李鸿章
写下《入都》诗十首，表达自己之志。

《入都》诗有十首，其中以第一首成就最高。

全诗开篇，就直接写出自己的风发意气。《吴越春秋·阖闾内传》记载："阖闾即宝莫耶，复命于国中作金钩，令曰：'能为善钩者，赏之百金。'吴作钩者甚众。"于是，后人用"吴钩"象征锋利的兵器。后来在文人的作品中"吴钩"被象征成奋勇杀敌，励志报国的精神符号。如李贺《南园十三首·其五》"男儿何不带吴钩，收取关山五十州"句和辛弃疾《水龙吟·登建康赏心亭》"把吴钩看了，栏杆拍遍，无人会，登临意"。李鸿章在此化用"男儿何不带吴钩"句，一改李贺的反问为直接抒发"丈夫只手把吴钩"！是男子汉，就应该手持吴钩，这样才有高于"百尺楼"的意气。《三国志·魏书·陈登传》中，刘备用"如小人，欲卧百尺楼上，卧君于地，何但上下床之间邪？"这样的话来教训"求田问舍"的许汜。李鸿章在此用"百尺楼"也有表达自己不为田舍，只为苍生之意。有这样直接的感情迸发，一个原因是自古以来人们都有的报效国家的壮志雄心，另一个方面，还是作者自己的超级自信。

戚继光说"封侯非我意，但愿海波平"，体现的是他高尚的追求；龚自珍说"屠狗功名"，不是他平生之意，表达的是对当时谄媚之风的决绝；而李鸿章直言"一万年来谁著史，三千里外觅封侯"，则是一个年轻人对漫漫人生路的美好希冀。"一万年来谁著史"，不正是文天祥"留取丹心照汗青"的继承吗？能够名垂青史，这是多少人梦寐以求的梦想？"三千里外"虽是约数词，用来形容距离之远。但也有对"三千里外"洋人的映射，这就是李鸿章所处的时代背景。1843 年进京时，鸦片战争刚刚过去，目睹晚清之危局，他提出"三千里外觅封侯"不单单是对功名的贪恋，更有扫除外辱，报效国家之意。

"随途骥"指的是自己跟一路同行赶考的学子。"定须捷足"指自己必须"捷足先登"。"那有闲情逐水鸥"，和上句联系在一起，意思是自己如果要在同行的学子中"捷足先登"、"拔得头筹"，那必须加倍努力，因此就没有时间和那些有闲情逸致的人一样和水鸥嬉戏了。

卢沟桥在北京的西南方向，恰好是李鸿章进京时要路经的地方。王国维说："境非独谓景物也。喜怒哀乐，亦人心中之一境界。"在此的"笑指卢沟桥畔月"和林公"我与山灵相对笑"都为对途中之景发笑，然一则苦中带乐，一则意气风发，正是"心中之一境界"的表现。林公是一种豁达和大气，李公则是兴奋。"瀛洲"本来指传说中东海仙境。唐代李肇的《翰林志》记载："唐兴，太宗始于秦王府开文学馆，擢房玄龄、杜如晦一十八人，皆以本官兼学士，给五品珍膳，分为三番更直宿于阁下，讨论坟典，时人谓之'登瀛洲'。"所以，后人用

"登瀛洲"形容士人得到巨大荣宠，就像登上"瀛洲"仙界一般。"笑指卢沟桥畔月，几人从此到瀛洲？"看似是对别人的发问，其实更有自问自答的意思，诗人对着卢沟桥边的月亮，而后又谈"登瀛洲"，难道不是自信的一种表现？

总览此诗，浅显易懂，朗朗上口，豪气万千。特别是"一万年来谁著史，三千里外觅封侯"句，充满了积极向上的能量，虽然对功名表现得如此直接，却最契合当时的时代。国难当头，不需要"玄虚清谈"，而最需要这样的充满义气的实干家。

李鸿章以诗言志，入京后，就在父亲引领下，遍访了当时著名的士大夫，后又拜入曾国藩门下。这样说来，正是这首《入都》诗，真正开始李鸿章在晚清政治舞台上四十余年的纵横捭阖之征程。纵然其一生充满种种争议，但李鸿章对清王朝、对晚清的大局、对中国近代文化来说，也有一定积极作用。《清史稿》将李鸿章誉为"中兴名臣"。梁启超在评价李鸿章时说："吾欲以两言论之，曰：不学无术（不识国民之原理，不通世界之大势，不知政治之本原）、不敢破格，是其所短也；不避劳苦、不畏谤言，是其所长也。"而在谈到人们怨恨李鸿章"卖国"时，梁启超说道："若夫吾人积愤于国耻，痛恨于和议，而以怨毒集于李之一身，其事固非无因，然苟易地以思，当夫乙未二三月、庚子八九月之交，使以论者处李鸿章之地位，则其所措置果能有以优胜于李乎！以此为罪，毋亦旁观笑骂派之徒快其舌而已。"梁启超这一番话引人深思。

千百年后，人们都知道这个晚清重臣和褒贬于一身的政治家，谁知道他年轻时报国豪情之拳拳，谁又能了解他青年"一万年来谁著史，三千里外觅封侯"的豪言和临终时"三百年来伤国步，八千里外吊民残"的血词？又有谁公正地看待过这位复杂的人物？那"卢沟桥畔月"安在否？

人事竟如何

拍碎双玉斗，慷慨一何多。

满腔都是血泪，无处着悲歌。

三百年来王气，满目山河依旧，人事竟如何？

百户尚牛酒，四塞已干戈。

千金剑，万言策，两蹉跎。

醉中呵壁自语，醒后一滂沱。

不恨年华去也，只恐少年心事，强半为销磨。

愿替众生病，稽首礼维摩。

《水调歌头·拍碎双玉斗》梁启超

戚继光将军直言"封侯非我意，但愿海波平"。没想到仅三百多年后，强邻又对中国进行了侵略活动，只是，此时的时局已经大大不利于中国。三百多年过去，日本经过明治维新，国力显著提升，同时也加大了对周边国家的侵略步伐。终于，清光绪二十年（1894年），中日甲午战争爆发。只不过，这次却以中国战败、北洋海军舰队的全军覆没而告终。战后，作为战败国的中国清朝政府签订了丧权辱国的《马关条约》。

《马关条约》签订的消息传到国内，国人无不悲痛。听到战败消息的梁启超，当即写下这首《水调歌头》。

当初在鸿门宴上，亚父范增按照事先的约定反复"举所佩玉玦以示"项王，而项王默然不应，放走刘邦。刘邦顺利逃脱后，令张良献玉斗一双于项羽和范增。得知刘邦已经逃走，亚父把玉斗扔到地上，拔剑击破后说："竖子不足与谋！夺项王天下者，必沛公也！吾属今为之虏矣！"足见其愤恨！诗人首句"拍碎双玉斗，慷慨一何多"中的"双玉斗"即借用沛公所赠之玉斗，表达自己和范增有着同样的愤恨。而这里的"慷慨"明显是愤恨、感慨的意思。能击碎一双玉斗，可知其愤恨有多深。"拍碎双玉斗"并不能释放作者的所有悲痛，以至于他"满腔都是血泪，无处着悲歌"。甲午战败之耻辱，任何一个国人都会莫名羞愤，更何况饱读圣贤书的爱国志士？

"三百年来王气，满目山河依旧，人事竟如何？"中的"三百年"指的是清廷统治已经快 300 年了。"满目山河依旧"有"国破山河在"同样的感慨。"人事竟如何?"是一句疑问,指出 300 年快过去了,清王朝的朝政人事是怎样的呢?在下一句他自己做了回答。

"百户尚牛酒,四塞已干戈。"清政府的政权已经是"四面楚歌",各个列强国家都把侵略的目光转到了落后的中国,边疆的战事一桩接连一桩。可是,达官贵人还是"朱门酒肉臭"的派头,只觉得"暖风熏得游人醉",对此完全没有觉察。

在上面山河受摧残的描述下,下片作者开始言志。"千金剑"、"万言策"一文一武,指的是报国之手段。本来昂扬不已的语调,却出现"两蹉跎",被表达自己的志向得不到施展的悲调所抑制。心中郁结的悲凉无处发泄,只有付与"杜康",用酒来解愁。

但无奈的是"借酒消愁愁更愁"。喝醉了只能对着墙壁喃喃自语,而醒了之后,想起之前种种国恨羞耻则眼泪"滂沱"。

此时二十多岁的作者正是年轻大有可为之时,他自言:"不恨年华去也,只恐少年心事,强半为销磨。"我不怕年华逝去,人渐老去,只是怕这似水流年飞逝,而少年时代立下的雄心壮志大半被这时间慢慢消磨。

最后,作者苦于时事窘困,无可施才,含泪以"愿替众生病，稽首礼维摩"结尾，道出宁愿自己生病，也要唤醒大众的觉醒，换来国家的富强。如果真如此，那么他甘愿"稽首礼维摩"。自然，作者的这种希冀是无法达成的，他自己也不能替别人生病，只是，这唤醒众人是真，这满腔血泪是真，这拍碎双玉斗是真，这战败之耻辱更是真真切切。

梁卓如曾说："少年智则国智，少年富则国富，少年强则国强，少年独立则国独立；少年自由则国自由，少年进步则国进步，少年胜于欧洲，则国胜于欧洲，少年雄于地球，则国雄于地球。"青年何尝不是？生活在如此多灾多难的时代，如不能扛起救亡图存的旗帜，谈何强我中华？正是这种强烈的民族自尊心驱使，才有了后来的"公车上书"，才有了后来的"百日维新"和无数后人的觉醒。从这一角度看，梁启超的贡献不可谓不小。

当年苏子题《水调歌头·明月几时有》表达被贬后渴求团圆之意；稼轩作《水调歌头·送杨民瞻》抒发有心报国，壮志难酬之心；而任公之《水调歌头·拍碎双玉斗》则是写少年之情怀。历史在流转，时代在变迁，人们的思想也越来越复杂，可渴求团圆安定，国家富强的主题永远不会变。一代又一代的人读不同的《水调歌头》，共鸣的情感不会变！

横天笑

望门投止思张俭，忍死须臾待杜根。

我自横刀向天笑，去留肝胆两昆仑。

《狱中题壁》谭嗣同

自鸦片战争开始，中国进入"三千年未有之变局"。自"开眼看世界第一人"林则徐开始，中国也被迫渐渐融入世界，在列强的凌辱下进行艰难的现代化。林则徐翻译《四洲志》，是为了解世界，李鸿章领导洋务运动，是为器物层次上的现代化，而"公车上书"运动中凸显出的学生领袖们则想在政治层面对中国的制度进行改良。

最终，经过这些爱国举子们的努力，年轻的皇帝被打动。清光绪二十四年（1898 年），雄心勃勃的光绪皇帝颁布了"明定国是"诏书，宣布进行变法。但是，仅仅百天，维新运动就失败了，慈禧太后发动政变，不但囚禁光绪皇帝，而且开始大肆搜捕和屠杀维新派人物。维新派的领导人康有为由上海逃往香港，梁启超也经天津逃往日本。谭嗣同本也有机会逃走，可是，他却坚决不走，誓死要唤醒国人的觉醒。他说："各国变法，无不从流血而成，今中国未闻有因变法而流血者，此国之所以不昌也。有之，请自嗣同始。"

清廷抓捕了"戊戌六君子"杨深秀、杨锐、刘光第、林旭、康广仁、谭嗣同六人，以"毋庸鞠讯"的幌子，急急忙忙地杀害了六君子。这首诗就是谭嗣同行刑前在狱中壁上所题。

张俭是东汉名仕。《后汉书·党锢列传》记载，东汉末年，中常侍侯览仗着皇帝的恩宠，在山东老家和家人为非作歹，残害百姓。张俭出于正义和苍生的福祉，上书弹劾侯览和其母亲，请皇帝诛杀他们。但侯览不仅截留了张俭的弹劾章表，还勾结其他人诬告张俭和同郡的 24 人"结党"。于是，朝廷发文书欲捉拿张俭。得知消息，张俭被迫逃跑，见有人家就去投宿（望门投宿之意）。这些人家，不管认识或不认识张俭，只要听到他的名字，无不因为敬重他的德行而收留他。据说，张俭所投靠的人家，被处以重刑的就有好几十户，有的人家族的亲属都被处死，这个地区的人口都一度萧条。当张俭逃到了李笃家，负责追捕的毛钦带人来查问。李笃对毛钦说："张俭是天下的义士，大家都知道他没有罪，即使张俭现在在我家，你忍心抓走他吗？"毛钦听了这番话，叹息一声就走了。最后，李笃把张俭送出关外，24年后，党锢之祸解除后，他才回乡里。

"望门投止思张俭"，应该说是"思张俭之望门投止"，意思是想起了张俭逃亡时的匆忙和人们对他的尊敬来。作者为什么会想起张俭呢？联系下句的典故或许就会有答案。

杜根也是东汉名仕。杜根生活的年代，太后执政，外戚专权。杜根认为汉安帝已经成人，理当亲自处理政务，便和一些正直的大臣一起上书劝太后还政于安帝。这极大激怒了太后，她让人用白色袋子装着杜根，要将其在大殿上活活打死。但是行刑的人都知道杜根是正直的人，佩服他的为人，行刑的时候没有用力，打完就用车子把杜根迅速地运出城去。后来，太后让人来检查，杜根就装死，一连装了三天，直到眼睛里生了蛆（忍死），人们都以为他死了，这才逃过一劫。

"望门投止思张俭，忍死须臾待杜根"两句的关键在"思"、"待"二字上。张俭和杜根都是有名的义士，他们"望门投止"、"忍死须臾"的故事也天下共知。"思张俭"因为他的德行感动世人，以致人们为了收留他宁愿自己家破人亡，但愿康梁等人逃亡时也有百姓愿意保护他们。"待杜根"是因为不仅仅是杜根装死逃过一劫，而是自己没有像杜根那样直接上书慈禧请其归政于光绪皇帝，心中有愧。而这个"忍死须臾"也有对康梁等人的告诫，让他们稍加忍耐，逃过这杀身之祸后继续为国事奔走。

"我自横刀向天笑"之"笑"，让人想起很多关联的笑。林则徐"我与山灵相对笑，满头晴雪共难消"，是无奈心情下的豁达；李鸿章"笑指卢沟桥畔月，几人从此到瀛洲"，是自信满满的慷慨；而"横刀向天笑"，古之有者也许就只有文天祥的"人生自古谁无死，留取丹心照汗青"能与其相提并论吧。

关于"昆仑"，后来的学者有多种解释，如梁启超认为这里的"两昆仑"指的是康有为和大刀王五二人；而符逸公认为"两昆仑"指的是"生也昆仑，死也昆仑"；也有人认为"两昆仑"指的是昆仑奴。其实，也不必纠结于这些具体的解释，不管"昆仑"为何意，这"我自横刀向天笑，去留肝胆两昆仑"之豪气已经不需其他解释而感染到无数读者。

从全诗来看，作者前两句连用典故，意在对逃亡的"同志"予以勉励，意在指出变法终究会成功。后两句则在直抒胸臆，以笑对死亡，这份豪情可惊天地，更泣鬼神。

战友梁启超曾在撰写的《谭嗣同传》中写道："复生（谭嗣同）之行谊磊落，轰天撼地，人人共知，是以不论。"这首诗正是最有力的证据！这位坦荡的君子以自己的性命来唤醒民众，其浩然正气，足可敬也，丝毫不逊张俭、杜根！

　　谭嗣同的夫人李闰在丈夫就义后，自号"臾生"，并作悼亡诗"已无壮志酬明主，剩有臾生泣后尘"来纪念亡夫，更让人动容。这让我不由得想起林觉民的《与妻书》，更让我想起古往今来无数为国家、为民族而牺牲的人。当年公孙杵臼问程婴："立孤与死孰难？"程婴曰："死易，立孤难耳。"公孙杵臼答曰："赵氏先君遇子厚，子强为其难者，吾为其易者，请先死。"人们都赞程婴救孤之大德大义，殊不知这"死易"有多不易！古往今来，有多少人为国而殉命？除了文山先生、谭嗣同、林觉民，我们又能记起谁呢？这首如黄钟大吕般的诗也许是响彻心扉的启迪之声。

万里雄行

祖国沉沦感不禁，闲来海外觅知音。

金瓯已缺总须补，为国牺牲敢惜身！

嗟险阻，叹飘零，关山万里作雄行。

休言女子非英物，夜夜龙泉壁上鸣。

《鹧鸪天》秋瑾

浩大的中华历史上，能留下名字的女性委实不多，而以武功事业留下名号的更少之又少。秋瑾虽不像武则天那样成就一番霸业，也不像秦良玉那般以战功封侯，但其异于常人的胆识、对近代政治做出的贡献和留下的爱国豪情让我们至今都钦佩不已。

秋瑾自称"鉴湖女侠"，笔名秋千，就义于绍兴城内古轩亭口，后葬到杭州西泠桥侧。1916年8月16日，孙中山与宋庆龄游杭州，专程凭吊秋瑾，在秋瑾墓前，孙中山感慨道："光复以前，浙人之首先入同盟会者秋女士也。今秋女士不再生，而'秋风秋雨愁煞人'之句，则传诵不忘。"63年后的1979年，宋庆龄为绍兴的秋瑾纪念馆题词，写道："秋瑾工诗文，有'秋风秋雨愁煞人'名句，能跨马携枪，曾东渡日本，志在革命，千秋万代传侠名。"

人皆以为"秋风秋雨愁煞人"是秋瑾的遗言，但这句实际是秋瑾引用了清代诗人陶澹人的诗句。而真正代表秋瑾诗文之豪情的莫过于这首《鹧鸪天·祖国沉沦感不禁》。

《鹧鸪天·祖国沉沦感不禁》作于光绪三十年，即公元1904年，当时，不到20岁的秋瑾赴日不久。

"祖国沉沦感不禁，闲来海外觅知音"，一开篇就把祖国的命运摆在眼前，爱国之情直接迸发出来。近代国门被迫打开之后，祖国的"沉沦"就一天天的让人深感"不禁"。虎门销烟、鸦片战争、甲午战争、戊戌政变、《辛丑条约》……中国在深受凌辱的同时，也不得不向世界靠拢，这样也有了人们的觉醒。近代最早觉醒，并意识到要担当起拯救祖国重任的秋瑾正是在这样的背景下结识进步女性，并和她们义结金兰。秋瑾当时常与唐群英、葛健豪二人往来，三人情同手足，经常在一起饮酒赋诗、对月抚琴或下棋谈论国事。后来她们三人被誉为"潇湘三女杰"，为中国近代民主发展做出了巨大的贡献。看到祖国一天天沉沦，秋瑾决定去海外寻求方法。这句"闲来海外觅知音"也点出了她赴日的目的。这里的"闲"并不是空闲的意思，面对命途多舛的祖国，作者故意在此用"闲"，明显是反语。她此刻怎能还有闲情？

"金瓯"常常被用来代指疆土，《南史·朱异传》载："（梁武帝）尝夙兴至武德阁口，独言：'我国家犹若金瓯，无一伤缺。'"作者在此用"金瓯已缺"直指国家领土已经被蚕食，典型的就是指台湾和辽东半岛等被外国侵略者所占据。"金瓯已缺"是"祖国沉沦"的直接例证。"金瓯已缺"谁来收复故土？作者以极大的胆识说道："为国牺牲（岂）敢惜身"！

这段让男儿读来羞愧的文字最直接表现出这个"鉴湖女侠"的真性情。这位自小习武，性格豪爽，常以花木兰、秦良玉自比的女流之辈，面对列强瓜分祖国，生平之志显露无遗，一句"为国牺牲敢惜身"反问，是多么掷地有声？多少男子汉又能做到如此？

不管前路是多么险阻，不管我是多么孤独，这又怎么能阻挡她赴日寻求救国良策的英雄之行？看到这里，你还能说这位女子"非英物"吗？听听那在墙壁上哀嚎，请求上战场的龙泉宝剑就知道了！

人们都说"以诗言志"，诗何尝不是"人"的缩写。看到此，谁还会以为这位女子是只会吟诵"秋风秋雨愁煞人"？有感于祖国的命运，秋瑾从日本归国后就积极投身革命。她先后参加过三合会、光复会、同盟会等先进革命组织，联络爱国人士计划起义。1907年，她与徐锡麟等计划7月6日在浙江、安徽举行起义，可惜计划泄露被捕。这年7月15日，31岁的秋瑾从容就义于绍兴轩亭口。绍兴府当时把这首《鹧鸪天·祖国沉沦感不禁》作为"罪状"公布，可见这首词的感染力、革命性之强。

秋瑾曾用花木兰、秦良玉自比，这让人联想起以管仲、乐毅自比的诸葛孔明；有前人之志、前人只能，才有资格用其作比，否则无前人之能，只有空志，则显得有些可笑。人言木兰从军："雄兔脚扑朔，雌兔眼迷离；双兔傍地走，安能辨我是雄雌？"显出掩藏女性身份遮遮掩掩，而秋瑾则是直言"休言女子非英物，夜夜龙泉壁上鸣"。秋瑾之刚烈之巾帼豪情，木兰难以相比。她在黑暗的时代高呼"宝刀之歌壮肝胆，死国灵魂唤起多"，本身就是一种豪侠本色。

据说，秋瑾有一次与好友游西湖，在和友人凭吊岳飞墓时，她有感于"青山有幸埋忠骨"，直言自己生后，若也能埋于此地，必将终身无憾。在秋瑾就义后，反复辗转，人们把她最终安葬在杭州西泠桥侧，最终实现了她"愿埋骨西泠"的遗言。如今，人们去游杭州，必拜鄂王，而更多的人应该知道，在西泠桥侧，还有一位手握龙泉宝剑"夜夜壁上鸣"的巾帼英雄！

真豪杰

无情未必真豪杰，怜子如何不丈夫。

知否兴风狂啸者，回眸时看小於菟？

《答客诮》鲁迅

《战国策》记载，秦国攻赵，先后拿下三城。赵向齐国求援，齐国一定要长安君为人质，才答应出兵。但赵太后非常宠爱长安君，执意不肯，触龙前去想要说服她。太后曰："丈夫亦爱怜其少子乎？"对曰："甚于妇人。"太后笑曰："妇人异甚。"其实，赵太后说得没错，至少在疼爱的最直接表现上女人确实没有男人那么内敛，对孩子的情感付出超过男人。

清朝大文学家金圣叹由于受"抗粮哭庙"案牵连而被处以极刑。据说，行刑这天，金圣叹的儿子前来作别，悲痛欲绝。

而金圣叹却说："哭有什么用，我出个对联你来对：莲子心中苦。"儿子这时候哭得跟泪人似的，哪有心思对对联？听到这个上联更加伤心。金圣叹却看看儿子，从容地说："别哭了，我来替你对这下联：梨儿腹内酸。"听到这个对联，旁听者无不为之动容。"莲子"与"怜子"同音，"梨儿"与"离儿"同音，自然说的是对儿子的怜爱和永别时心中的苦楚。因双关、对仗严谨还有对儿子的怜爱和面对死亡时的镇定，这副对子在后世广为流传。

而鲁迅的这首《答客诮》开篇就写道："无情未必真豪杰，怜子如何不丈夫。"直接反问质疑那些说怜爱孩子"不丈夫"的人。其实，鲁迅对儿子周海婴的爱是很有名的。他如果给家人写信每信必谈儿子海婴，甚至生活琐事都一一写到信中。鲁迅这样疼爱孩子，肯定有人笑他没有"男子气概"。鲁迅在1931年2月致韦素园的信中写道："我们已有了一个男孩，已一岁零四个月，他生后不满两月之内，就被'文学家'在报上骂了两三回，但他却不受影响，颇壮健。"鲁迅写这首诗给予说明，当然也有自嘲的成分。那些看起来"无情"，对孩子冷酷严厉的男人是真的豪杰吗？未必！那些疼爱孩子有加的人真的不像大丈夫吗？也未必！每个人对孩子的爱都有不同的表现方式而已，不一定非得用表面的形式来分个高下吧？

啸，为虎叫。"兴风狂啸者"自然是指猛虎。《左传·宣公四年》中载："楚人为乳谷，谓虎於菟。""小於菟"就是小老虎的意思。"知否兴风狂啸者，回眸时看小於菟"的意思即是你们是否知道那在山上兴风狂啸的猛虎，还频频回顾它心爱的小崽呢？通过猛虎爱子的故事更深层次地说明父母对孩子的爱是天性使然。

有人说，这首诗不仅仅是鲁迅回击别人对他爱子的讥讽，还有他对下一代的关怀，即对革命后代的密切关注。鲁迅早在《狂人日记》中就发出"救救孩子"的喊声。他对朋友的孩子也是非常关切的。除此以外，"知否兴风狂啸者，回眸时看小於菟"也有希望自己成为那个在革命中"兴风狂啸"的老虎，也希望后代成为小老虎般的革命后继力量。

鲁迅在 1919 年的《随感录·六十三》中引用："走罢！勇猛着！幼者啊！"来鼓舞青年后代；1925 年他又在《华盖集题记》中写道："我早就希望中国的青年站出来，对于中国的社会文明，都毫无忌惮地加以批评……"在 1925 年 4 月的《灯下漫笔》中，他继续写道："扫荡这些食人者，掀掉这筵席，毁坏这厨房，则是现在的青年的使命！"因此说"知否兴风狂啸者，回眸时看小於菟"句是对后辈的殷切期望，也说得过去。

回过头来说，虽然爱孩子，但鲁迅也并非一味溺爱，更没有要求孩子继承自己的衣钵。鲁迅在 1936 年 9 月写的《死》（实际就是遗嘱）中写道："孩子长大，倘无才能，可寻点小事情过活，不可去做空头文学家或美术家。"后来，周海婴确实没有去做"空头的文学家"，而是选择了自己喜欢的专业，成为一位无线电专家、摄影家。

触龙在说服赵太后的时候说："父母之爱子，则为之计深远。"鲁迅作这首诗"横眉冷对千夫指"时，何尝不是怀着"为之计深远"的心？不知我们此刻因这首诗能否感受到父母浓浓的爱意？

遮难回首

披发佯狂走。莽中原，暮鸦啼彻，几枝衰柳。

破碎河山谁收拾，零落西风依旧， 便惹得离人消瘦。

行矣临流重太息，说相思，刻骨双红豆。

愁黯黯，浓于酒。

漾情不断淞波溜。

恨年来絮飘萍泊，遮难回首。

二十文章惊海内，毕竟空谈何有。

听匣底苍龙狂吼。

长夜凄风眠不得，度群生那惜心肝剖？

是祖国，忍孤负。

《金缕曲》李叔同

丰子恺在纪念其老师李叔同先生的文章中写道："弘一法师（李叔同）由翩翩公子一变而为留学生，又变而为教师，三变而为道人，四变而为和尚。每做一种人，都做得十分像样。好比全能的优伶：起青衣像个青衣，起老生像个老生，起大面又像个大面……都是'认真'的缘故。"李叔同生于富贵之家，父亲先考上进士，后改经商获得极大成功，成为津门的富豪。但不幸的是，李叔同五岁丧父，由于家庭的变故，14 岁的时候，他陪母亲迁居到上海。

在上海这个中西文化交汇之地，年少的李叔同既接受了传统儒学的教诲，又积极吸纳西学，加上用功的态度，很快"二十文章惊海内"，成为上海有名的才子。

20 岁左右的李叔同，已是才华横溢、颇有些家资的富家公子，因此有不少风流韵事。但这种情况没有持续多久，1905 年，李叔同的母亲不幸逝世。母亲的去世，对他刺激很大，他认为自己的"幸福时期已过去"，加上当时国家一步步被列强凌辱，所以他决定东渡日本留学，寻求强国之道，身份"由公子一变而为留学生"。也就是出国的时候，他写下这首《金缕曲》来表达自己的心情。

《史记》记载，楚亡后："屈原至于江滨，被发行吟泽畔，颜色憔悴，形容枯槁。"作者一开篇也提到"披发佯狂走"，眼中看到的中原河山是"暮鸦啼彻，几枝衰柳"。一"暮"一"衰"，道出祖国河山惨遭侵略的现状，面对这个现状，他只有像屈原那样"披发佯狂走",才能发泄出心中的悲痛。

他边"狂走"边问,这个破碎的河山谁能收拾?当然这样的疑问何尝是他一个人的,千千万万深受苦难的同胞何尝没有这样的疑问?只是这样的问题久久在耳边回响,但却无人应答。只是那"零落西风依旧",让人多添几缕愁绪罢了。作者这样的疑问,也是促使他东渡日本的原因之一,"离人"一词点出了自己的身份,即马上要远离祖国,去寻求强国的良策。古来的文人骚客,都喜欢用"消瘦"来表达哀愁,如柳永《蝶恋花》之"衣带渐宽终不悔,为伊消得人憔悴"。但还有很多人用女子来比喻家国,如这句"便惹得离人消瘦",看似像对一位"伊人"道别,实质是对祖国的眷恋和不舍。他有多不舍,看看下句便知。

孔子曾说:"逝者如斯。"来表达对奔腾江水的感慨;王维在《相思》中写道:"红豆生南国,春来发几枝。愿君多采撷,此物最相思。"用"红豆"来表达对恋人的相思。李叔同巧妙化用这两个典故,自己临行前站在江水边也发出"长太息以掩涕兮,哀民生之多艰"的感慨,同时把祖国比喻成为一个恋人,把自己的刻骨铭心的思念化作了"红豆"来表达。即便如此,他的离愁仍难消,不得不发出一句"愁黯黯,浓于酒"的感慨。

如果说这首词的上片主要表达的是离愁,那么下片则更进一步把这种情绪放大。文天祥在《过零丁洋》中写道"身世浮沉雨打萍"，用"雨打萍"来形容身世的极尽坎坷。作者在此也写道"絮飘萍泊"，同样也形容自己身世的变化。船要开拔了，他站在滚滚而逝的淞江边上，回忆起自己的坎坷身世，竟满腔"遮难回首"之情感。这是为何？

因为在他看来，自己纵然"二十文章惊海内"，早已凭诗文字画名震天下，但这还是有"纸上谈来终觉浅"的感觉，更似一种"空谈"。与其空谈，还不如学学那些身带吴钩的慷慨悲歌之士。听，现在在剑匣里的苍龙宝剑也发出了阵阵狂吼！今日宝剑在手，何日缚住苍龙？

可是空有想象能奈何，想得多了只能在凄风阵阵的漫漫长夜难以入眠。然而，如果真有拯救群生（苍生）的办法，哪怕"心肝剖"之类牺牲性命的代价，哪里会可惜？因为这是你的祖国，怎会去"孤负"她？

通篇读来，一种豪气迎面而至，但这"豪"的背后是无尽的哀愁。尽管东渡后他没有寻求到如"苍龙狂吼"般的救国方法，可是他回国后由留学生变为教师，为国家培养了很多人才。至于他在艺术上的创作，就像他历经数十年传唱而经久不衰的"长亭外，古道边，芳草碧连天"之《送别歌》一样，为后人留下数不尽的精神财富。这众多旷世杰作和他炽盛的爱国热情一样，都是对祖国发展强盛的最好贡献！

图书在版编目(CIP)数据

回首向来萧瑟处：古诗词中的旷达之味 / 夏若颜著.—北京：中国华侨出版社,2015.3

ISBN 978-7-5113-5264-4

Ⅰ.①回… Ⅱ.①夏… Ⅲ.①古典诗歌–诗歌欣赏–中国 Ⅳ.①I207.22

中国版本图书馆 CIP 数据核字(2015)第045567 号

回首向来萧瑟处：古诗词中的旷达之味

著　　者 / 夏若颜
责任编辑 / 文　喆
责任校对 / 王京燕
经　　销 / 新华书店
开　　本 / 870 毫米×1280 毫米　1/32　印张/8　字数/200 千字
印　　刷 / 北京军迪印刷有限责任公司
版　　次 / 2015年7月第1版　2020年5月第2次印刷
书　　号 / ISBN 978-7-5113-5264-4
定　　价 / 40.00 元

中国华侨出版社　北京市朝阳区静安里 26 号通成达大厦 3 层　邮编:100028
法律顾问:陈鹰律师事务所
编辑部:(010)64443056　　64443979
发行部:(010)64443051　　传真:(010)64439708
网址:www.oveaschin.com
E-mail:oveaschin@sina.com